I0641685

Bibliografische Information der Deutschen Nationalbibliothek:
Die Deutsche Nationalbibliothek verzeichnet diese Publikation in
der Deutschen Nationalbibliografie; detaillierte bibliografische
Daten sind im Internet über dnb.d-nb.de abrufbar.

TWENTYSIX – Der Self-Publishing-Verlag
Eine Kooperation zwischen der Verlagsgruppe Random House
und BoD – Books on Demand

Herstellung und Verlag:
BoD – Books on Demand, Norderstedt

ISBN: 978-3-7407-4438-0

ความรักไม่ได้หมายถึงใส่ใจกันในวันที่เข้าใจแต่หมายถึงการไม่เดินหนีจากกันไปในนที่ไม่เข้าใจต่างหาก

Inhaltsangabe

พระอภัยมณี

Dramatis personae

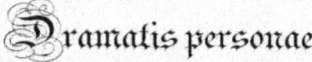

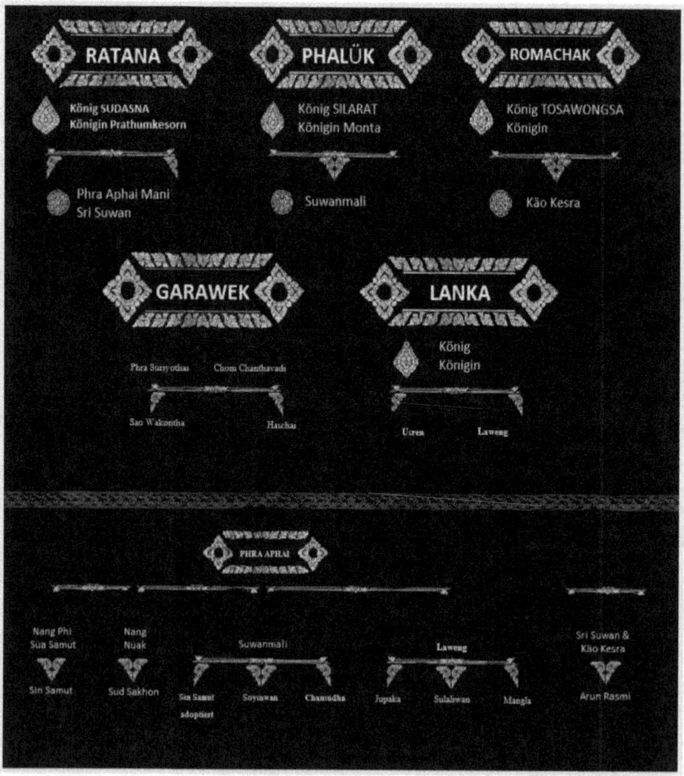

RATANA
König SUDASNA
Königin Prathumkesorn

Phra Aphai Mani
Sri Suwan

PHALÜK
König SILARAT
Königin Monta

Suwanmali

ROMACHAK
König TOSAWONGSA
Königin

Kāo Kesra

GARAWEK

Phra Suryvothai   Chom Chanthawadi

Sao Wakreutha   Haichai

LANKA
König
Königin

Usren   Lawang

PHRA APHAI

Nang Phi Sua Samut	Nang Nuak	Suwanmali			Lawang			Sri Suwan & Kāo Kesra
Sin Samut	Sud Sakhon	Sin Samut adoptiert	Soyuwan	Chanudha	Jupaka	Sulalewan	Mangla	Arun Rasmi

พระอภัยมณี

Avant-propos

In der klassischen Thai Literatur finden sich, wie in jeder anderen Sprache auch, Meisterwerke und ureigene Genres. Allerdings sind diese Werke ausserhalb Thailands nur sehr wenigen Lesern zugänglich. Das liegt in allererster Linie an der Sprache, die nur wenige *farang* ฝรั่ง, also Menschen aus dem westlichen Kulturkreis, so gut beherrschen, das sie ein Buch in thailändischer Sprache lesen können. Hinzu kommt, das die Anzahl der Übersetzungen sehr überschaubar ist und häufig nur in kleinen Auflagen publiziert wurde und wird. In englischer und französischer Sprache ist der eine oder andere Klassiker erhältlich, wenn auch häufig in verkürzter Form, den sogenannten *abridged versions*. Auf Deutsch ist kaum etwas veröffentlicht worden, sieht man von einigen literaturhistorisch-wissenschaftlichen Arbeiten des deutschen Philologen und Linguisten Klaus Wenk ab, die aber auch nur noch in Universitäts- und Staatsbibliotheken, respektive antiquarisch zu finden sind. Und schliesslich verliert jedes literarische Produkt ausserhalb seiner Muttersprache an Originalität und damit Qualität, wie korrekt und engagiert die Übersetzung auch immer sein mag.

Das Unterfangen, die Klassiker der thailändischen Literatur einem breiteren Publikum verständlich und gleichzeitig unterhaltend aufzubereiten, stösst aber noch auf weitere Schwierigkeiten. Da ist die komplexe Welt der Geister und Fabelwesen, der magischen Männer und übernatürlichen Kräfte, die Menschen aus dem westlichen Kulturkreis als Komponente der exotischen Dramaturgie wahrnehmen; für viele Menschen Asiens im allgemeinen und Thailands im besonderen handelt es sich hierbei aber häufig um reale Begebenheiten im historischen Kontext. Wenn sie in dem vorliegenden Buch einem weisen Brahmanen begegnen werden, der unter anderem auch grössere Entfernungen fliegend zu überbrücken pflegt, dann denken Sie daran: Der Glaube versetzt bekanntlich sogar Berge. Hinzu kommen Elemente, Motive und Personen, die dem hinduistisch-buddhistischen Kosmos zuzuordnen sind und den Menschen der Region vertraut und geläufig, ausserhalb aber nur einem kleinen Kreis bekannt sind. Das gleiche gilt auch für einen dezidierten ethisch-moralischen Kodex, das überlieferte Rollenverhältnis im Mikrokontext der Familie sowie im gesellschaftlichen Makrokontext Asiens. Abschliessend sind auch noch die sakralen Aspekte buddhistischer Riten sowie die traditionellen animistischen Überlieferungen zu berücksichtigen, die den vertrauten Gesamtrahmen des Epos in der Originalfassung bilden.

Trotz alledem war der Autor bemüht, den vorliegenden Klassiker mit seinen 30.000 Zeilen im Originaltext in verständlicher und unterhaltsamer Prosa zusammenzufassen und damit erstmals in deutscher Sprache die faszinierende Geschichte von Phra Aphai Mani, Sri Suwan, Suwanmali, der Nixe, der Menschfresserin und vieler anderer einem grösseren Kreis zugänglich zu machen. Finden Sie heraus, ob das gelungen ist und lesen Sie los!

Pattaya, im Maerz 2018

Peter M. Hirsekorn

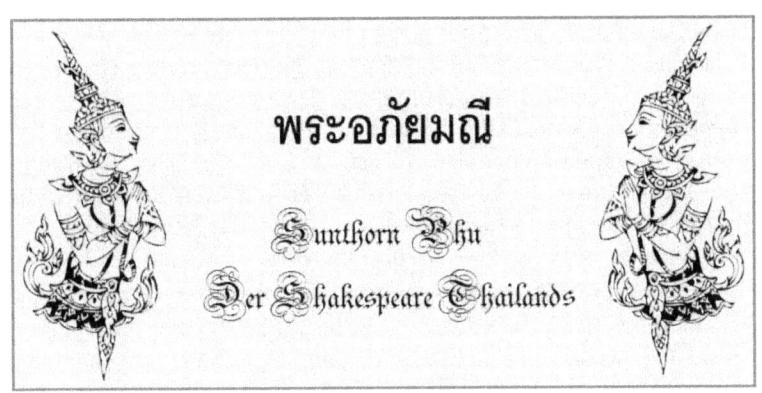

**Phra Sunthonwohan (พระสุนทรโวหาร) alias Sunthorn Phu
Dichter unter vier Königen**

Am 26. Juni 1786 kam der zukünftige „Shakespeare Thailands" als Knabe *Phu* (ภู่) in einem Haus hinter dem Königspalast unweit des Bangkok-Noi Bahnhofes zur Welt. Der Vater war von niederem Adel und stammte vermutlich ursprünglich aus *Müang Kläng* (เมืองแกลง) in der Provinz *Rayong* (จังหวัดระยอง), die Mutter kam wohl aus Phetchaburi (เพชรบุรี). Kurz nach der Geburt Phus trennten sich die Eltern. Der Vater ging zurück nach *Müang Kläng* und trat als Mönch einem Tempel bei. Die Mutter heiratete erneut und diente später einer Prinzessin als Säugamme. Da der kleine Phu bei der Mutter blieb, verbrachte auch er seine frühe Kindheit im Königspalast. Der Junge erhielt zunächst die übliche Unterrichtung im *Wat Sri Sudaram* (วัดศรีสุดาราม)[1], ein am *Klong Bangkok Noi* (คลองบางกอกน้อย) gelegener Tempel. Nachdem dem Ende der Schulzeit trat er als Schreiber der königlichen Verwaltung bei. Doch sein eigentliches Interesse galt der Poesie und so schuf er bereits in jungen Jahren ein umfangreiches Epos, basierend auf der Geschichte des Einsiedlers *Khobutra* aus dem *Ramakien* (รามเกียรติ์)[2]. Zwar blieb das Werk unvollendet, deutete aber bereits das

---

[1] Ursprünglich hiess der Tempel *Wat Chi Pa Khao*. Die Umbenennung erfolgte nach einer Restauration des Ubosot während des Regnums Rama IV. (พระนามเดิมชึงพระประมนทรมหามงกุฎ พระจอมเกล้าเจ้าอยู่หัว).

[2] Das Nationalepos Thailands, die thailändische Fassung des indischen *Ramayana*.

literarische Potenzial an. Der junge Mann verliebte sich alsbald in die Palastdame *Chan*, die seine Geliebte wurde und fortan nachhaltigen Einfluss auf sein Oeuvre ausübte. Da der amouröse Verkehr eines Gemeinen mit einer Palastdame eine abscheuliche Verletzung der höfischen Etikette darstelle, wurden beide zu Kerkerhaft verurteilt. Um 1806 wurden beide freigelassen und mit zwei Schülern Phus brach das Paar nach Müang Kläng auf. Auf dieser Reise schrieb Phu sein erstes grosses Werk, ein *nirat*[3], das *Nirat Müang Kläng* (นิราศเมืองแกลง). Phu beabsichtigte ursprünglich zu seinem Vater zu gehen und ebenfalls für eine gewisse Zeit dem Tempel beizutreten. Doch kaum in Müang Kläng angekommen, warf ihn ein schweres Fieber aufs Krankenbett und nachdem er lediglich zwei Monate mit dem Vater verbracht hatte, kehrte er nach Bangkok zurück. Dort angekommen ehelichte er Chan und wurde bald darauf Vater eines Sohnes, *Phat*. Das Eheleben wurde allerdings nachhaltig negativ durch den starken Alkoholkonsum des Dichters beeinträchtigt. Chan fand einen anderen Mann und verliess schliesslich den trinkenden Poeten, der sie zuvor in seinen Werken unsterblich gemacht hatte. Im Alter von 21 Jahren begleitete er einen der jungen Prinzen auf einer Reise zum Schrein *Phra Buddha Bat*[4] und schrieb danach das *Nirat Phra Bat* (นิราศพระบาท), worin er neben der Reisebeschreibung auch die Schwierigkeiten in seiner Ehe thematisierte. 1809 starb König *Phra Phutthayotfa Chulalok* (Rama I.)[5] und dessen Nachfolger, *Phra Phutthalötla* (Rama II.)[6], selbst ein begeisterter und begnadeter Literat sah in Phu einen Bruder im Geiste. Kurz nach der Thronbesteigung berief er Phu an den Hof und dieser dankte dem König dadurch, das er vor allem dessen Arbeit am *Ramakien* mit Rat und Tat begleitete. König Rama

---

[3] *Nirat* นิราศ handelt immer von einer Reise und das Klagelied der (zeitweiligen) Trennung zweier Liebender. Eine neuere wissenschaftliche Auseinandersetzung mit der Kunstform *nirat* liefert: *Arnika Fuhrmann: The Dream of a Contemporary Ayuthaya. Angkhan Kalayanaphong's Poetics of Dissent, Aesthetic Nationalism, and Thai Literary Modernity, Hong Kong, 2009*

[4] Berühmter Schrein in Saraburi (สระบุรี), etwa 100km südwestlich von Bangkok nahe des *Pa Sak* Flusses mit einem linken Fussabdruck des Erleuchteten von 53 cm Breite, 1,5 Meter Länge und 28 cm Tiefe. Der Abdruck wurde während der Herrschaft König Somdet Phrachao Song Thams (สมเด็จพระเจ้าทรงธรรม) von Ayutthaya entdeckt.

[5] พระบาทสมเด็จ พระพุทธยอดฟ้าจุฬาโลก. Geboren am 20. März 1737 in Ayutthaya (อยุธยา) als Thong Duang, gestorben am 7. September 1809 in Bangkok. König Phra Phutthayotfa Chulalok war der Begründer und erste König der auch heute noch amtierenden Chakri-Dynastie (ราชวงศ์จักรี).

[6] Vollständiger Name: *Phrabat Somdet Phra Phutthaloetla Naphalai* พระบาทสมเด็จพระพุทธเลิศหล้านภาลัย. Geboren am 26. Februar 1768 in Ratchaburi (ราชบุรี) und verstorben am 21. Juli 1824 in Bangkok. König Rama II. herrschte von 1809 bis zu seinem Tod 1824.

II. schenkte ihm ein Haus in *Ta Chang* unweit des Königspalastes und verlieh ihm in Anerkennung seiner Verdienste schliesslich den Titel *Phra Sunthorn Vohara* (พระสุนทรโวหาร).

Bedauerlicherweise verfiel Sunthorn Phu immer mehr dem Alkohol und so geriet er eines Tages betrunken in einen heftigen Streit mit seiner Mutter. Einen seiner Onkel, der schlichtend eingreifen wollte, verletzte er schwer. Der König war masslos enttäuscht und liess den Poeten in Haft nehmen. Diese Strafe erwies sich als Glück im Unglück, denn während seiner Haft kam ihm die Idee zu einem seiner Meisterwerke, das 30.000 Zeilen umfassende *Phra Aphai Mani* (พระอภัยมณี). Die Vollendung sollte noch Jahre dauern, aber bereits während seiner Inhaftierung verfasste und publizierte er diverse Kantos, was ihm eine ansehnliche Summe Geldes eintrug. Da ihm die Dienste des lebenslustigen Poeten unverzichtbar erschienen, begnadigte König Rama II. den Sünder nach kurzer Haftzeit. Als Mitglied des literarischen Zirkels des Königs und Lehrer der Prinzen erwarb er sich grosse Meriten. Für das Epos *Khun Chang Khun Phaen* (ขุนช้างขุนแผน)[7] schrieb er vermutlich das Kapitel der Geburt *Phlai Ngams*, des Sohnes von *Khun Phaen* und *Wanthong*. Allerdings zog er sich auch den Zorn des Prinzen *Maha Chetsadabodin* (เจษฎาบดินทร์) zu, als er dessen literarischen Arbeiten teilweise öffentlich kritisierte und *ex tempore* verbesserte. Der älteste Sohn Rama II. betrachtete dies als persönlichen Affront und sollte ihm dies zeitlebens nicht verzeihen[8]. Als König Rama II. 1824 verstarb, wurden Sunthorn Phu vom neuen Herrscher sämtliche Titel und Privilegien aberkannt und der Dichter suchte zunächst Schutz im *Wat Ratchaburana* (วัดราชบูรณะ)[9]; insgesamt sollte er 18 Jahre als wandernder Mönch verbringen. Um 1827

---

[7] Die epische Romanze basiert auf einem Volksmärchen welches ursprünglich durch Geschichtenerzähler während der Ayutthaya-Periode mündlich weitergegeben wurde und heute zu den bedeutendsten Kompositionen der thailändischen Literatur zählt. Literaturhistorisch zählt sie zum Genre *sepha* เสภา (Eine Form der poetischen Rezitation, vielleicht vergleichbar mit dem europäischen Troubadour des Mittelalters, in deren Verlauf der Rezitator mittels zweier, kleiner Holzstöcke die Erzählung rhythmisch und dramatisch komponiert).

[8] Möglicherweise war der Prinz besonders empflich, da er nicht von einer Königin, sondern als Prinz Thap [ทับ] von *Chao Chom Manda Riam* [เจ้าจอมมารดาเรียม], auch Prinzessin *Sri Sulalai* [ศรีสุลาไลย, ศรีสุลาลัย] genannt, einer Konkubine Rama II., geboren wurde. Die Mutter entstammter einer adeligen Familie muslimischen Glaubens aus Nonthaburi.

[9] Der Wat Ratchaburana liegt am Rande des Zentrums der Altstadt von Ayutthaya, westlich des Flusses Lopburi. Südlich gegenüber befindet sich an der Naresuan-Straße der *Wat Mahathat Ayutthaya*, beide bilden sozusagen einen Zwillingstempel.

scheint er Ayutthaya verlassen zu haben. Lange Jahre verbrachte er mit Studien der Alchemie und magische Künste. 1827 oder 1831 begab er sich nach *Phetchaburi* und die Eindrücke dieser Reise schrieb er im *Nirat Müang Phet* (นิราศเมืองเพชรบุรี) nieder. 1834 besuchte er auf der Suche nach magischen Ingeredenzien einen verlassenen Tempel in Ayutthaya und schrieb im Namen seines Sohnes das *Nirat Wat Chao Fa* (นิราศวัดเจ้าฟ้า).

Um 1832 fand Prinz *Lakhananukhun*, ein Sohn Rama III., Gefallen an dem wandernden Mönch/Dichter und begann ihn zu protegieren. Sunthorn Phu legte die Robe ab, diente dem Prinzen als Faktotum und nahm auch wieder die Arbeit am Epos *Phra Aphai Mani* auf. 1835 verstarb der junge Prinz *Lakhananukhun* unerwartet und ohne seinen Förderer begab sich der Poet *nolens volens* wieder auf die Wanderschaft. Ein kleines Boot war sein einziges Heim und er lebte mehr recht als schlecht vom gelegentlichen Verkauf seines literarischen Schaffens. Die ältere Schwester des Prinzen, Prinzessin *Wilas*, die spätere *Krommamün Apsorn Sudathep* (กรมหมื่นอัปสรสุดาเทพ), zeigte ebenfalls grosses Interesse an dem Epos.

König Rama III. liess zu Ehren seiner Lieblingstochter *Wat Thepthidaram* (วัดเทพธิดาราม)[10] errichten. Nachdem dieser 1839 fertiggestellt war, lud die Prinzessin Sunthorn Phu ein, dort zu leben. Dort dürfte er *Phra Aphai Mani* vollendet und *Singha Krai Phop* (สิงหไกรภพ) geschrieben haben. Über diese Zeit lamentierte der Dichter:

Oh, wie hatte sich damals alles gegen mich verschworen!
Sogar weisse Ameisen drangen in mein Schlafgemach.
Sie frassen die Matte und alle meine Bücher.

---

[10] Der *Tempel des Himmlischen Engels*, heute ein königlicher Tempel 3. Klasse, liegt im Bezirk Phra Nakhon, am östlichen Rand der historischen Rattanakosin-Insel und südlich des Wat Ratchanatdaram bzw. südwestlich des Wat Saket, dessen „Goldener Berg" *(Phu Khao Thong)* weithin sichtbar ist. Vor dem Tempel führt die Mahachai Road direkt an den Überresten der alten Stadtmauer vorbei.

Es war schmerzlich an diese Bücher zu denken!
Und die gelben Roben die ich trug,
hatten Löcher, so gross wie meine tränenden Augen.

Befeuert wurden diese Klagelieder durch ein vermutlich unharmonisches Verhältnis zum Abt des Tempels. 1841 machte er in Begleitung seiner Söhne eine Reise nach Suphanburi (สุพรรณบุรี), die er sich eigentlich nicht leisten konnte. Es entstand das *Nirat Suphan* (นิราศสุพรรณ), in dem er ein ungewöhnliches Ereignis während seines Aufenthaltes im Wat Thepthidaram beschreibt. Er träumte, ein Engel kam zu ihm und führte ihn in den Tempel und dort sah er: *Einen steinernen Buddha, hell wie der Morgen, flankiert von zwei goldenen Buddhas, in Gewändern die wie gelbe Regenbögen schimmerten.* Der Engel musste den Tempel verlassen und bat den Dichter, ihn in den Himmel zu begleiten. Da Sunthorn Phu das Geträumte als Anzeichen des nahenden Todes deutete, verliess er um 1842 den Tempel und legte die Robe nieder. 1845 verschied dann in jungen Jahren seine royale Sponsorin, die schöne Prinzessin Wilas.

1842 unternahm er eine Reise nach Nakhon Pathom (นครปฐม) um die grosse Stupa[11] zu sehen und schrieb anschliessend *Nirat Phra Prathom* (นิราศพระประธม). Sunthon Phu unternimmt darin eine Reise in die eigene Vergangenheit, memoriert seine Liebesbeziehungen und reflektiert sein bisheriges Leben. Und er singt das Hohelied auf seinen grossen Förderer, Rama II. Noch im gleichen Jahr tritt er in die Dienste Prinz *Isaresrangsans*, einem weiteren Sohn Rama II. Der jüngere Bruder von König Mongkut (Rama IV.)[12] wurde unmittelbar nach dessen Thronbesteigung zum Nebenkönig mit allen royalen Prärogativen erhoben. Seine letzten Lebensjahre verbrachte der *poeta laureatus* wohl überwiegend mit der Erziehung des königlichen

[11] *Phra Pathom Ma Chedi* (พระปฐมเจดีย์) ist mit 127 Metern die höchste Stupa der Welt und steht im *Wat Phra Pathommachedi Ratcha Wora Maha Wihan* (วัดพระปฐมเจดีย์ราชวรมหาวิหาร).

[12] Phra Bat Somdet Phra Poramenthra Maha Mongkut Phra Chom Klao Chao Yu Hua (พระบาทสมเด็จพระปรเมนทรมหามงกุฏ พระจอม เกล้าเจ้าอยู่หัว). Geboren am 18. Oktober 1804 in Bangkok und ebenda am18. Oktober 1868 verstorben, herrschte er als vierter König der Chakri-Dynastie von 1851 bis zu seinem Tod. Er gab sich selbst den Namen *Phra Chom Klao* (พระบาทสมเด็จ พระจอมเกล้า เจ้าอยู่หัว), der auch heute noch in Thailand verwendet wird.

Nachwuchses. Auf Anweisung König Rama IV. brachte er die Königschroniken in Versform, eine Arbeit, die er nur widerwillig übernommen haben mochte. Die Zeit der grossen Epen war vorbei, doch mit Begeisterung schrieb er noch zahlreiche Wiegen- und Tanzlieder für den Hof. Um 1855 herum soll der grösste Dichter Thailands dann gestorben sein; auch dieses Datum ist unsicher, wie nahezu alle in der Biographie Sunthorn.

Die Persönlichkeit des Dichters ist ambivalent. Sein geistig-spiritueller Nährboden ist zweifelsfrei der Buddhismus und zwar in seiner rigorosesten Form, der Thevada Buddhismus. Der deutsche Philologe und Sunthorn Phu Experte Klaus Wenk schrieb 1985: >>Das Gesetz der Religion steht oft genug im Streit mit den vitalen Bedürfnissen seiner Persönlichkeit [zumindest in der Jugend eine stark ausgeprägte Libido sowie ein Hang zur Trunksucht und Völlerei], die er, zum Heil seiner Dichtung, dann nicht unterordnet<<. Auch ist er nicht frei von Opportunismus. >>Manchmal etwas devot und schwärmerisch, manchmal in von Selbstbewusstsein getragener Dankbarkeit werden diejenigen Personen von Stand hervorgehoben, die ihm materiell zu irgendeiner Zeit aushalfen. Immer wieder verweist er in diesem Zusammenhang auf Rama II<<. Eine starke Persönlichkeit, die teilweise an Arroganz grenzte, war dem Meister ebenfalls zu eigen. >>Wer könnte denn so gut dichten wie er, der „Dichter aus Leidenschaft" ... „S e i n Name sei in aller Munde" ... er sei „ein Könner" ... Die anderen schrieben von ihm ab, ohne auch nur seinen Namen zu nennen ... Es hat den Anschein, daß sich hier eine gewisse narzistische Befriedigung an seinen eigenen schöpferischen Fähigkeiten kundtut<<. Im Grunde war er sein ganzes Leben lang ein Getriebener, ein ruhelos Suchender, ein Wanderer zwischen den sozialen Welten. Möglicherweise hat er sich deshalb in seinem literarischen Schaffen vornehmlich der Gattung *nirat* gewidmet, deren Leitmotiv immer Bewegung und Trennung ist. So liegt denn die Grösse des Werkes von Sunthorn Phu liegt nicht im perfekten sprachlichen, formal-korrekten oder schnörkelhaft-gezierten Stil seiner Zeit. Ernsthaftigkeit und eine schlichte Schönheit des Ausdrucks sind die prägenden Merkmale. Ein Mann, der laut Wenk aus >>der Hefe des Volkes<< hervorging, der eher mit dem Herz als mit dem Kopf schrieb. Und dieses grosse Herz produzierte ein gewaltiges Oeuvre: 9 *nirat*, 5 Geschichten; 2 Sammlungen mit Sprichwörtern und Lebensweisheiten, 2 *sebha (Gesangsrezitationen) und vier Schlaflieder*. Sein opus magnus *Phra Abhai Mani, Gegenstand dieses Buches, umfasst in seiner Urform* 94 Bücher bzw. Abschnitte mit 30,000 Verszeilen. Grund genug, den Meister auch noch im heutigen Thailand jährlich am 26. Juni mit dem Sunthorn Phu – Tag (วันสุนทรภู่) zu ehren.

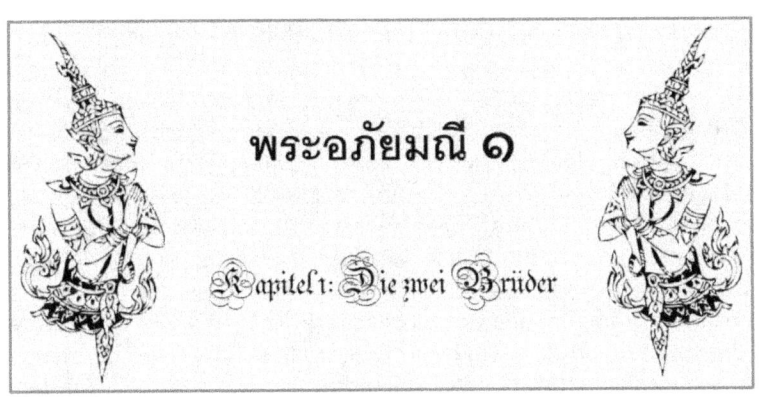

พระอภัยมณี ๑

Kapitel 1: Die zwei Brüder

Vor langer Zeit herrschte ein König mit dem Namen Sudasna über ein kleines aber wohlhabendes Reich. Seine Gemahlin Prathumkesorn schenkte ihm zwei Söhne. Der ältere war fünfzehn Jahre jung und wurde Phra Aphai Mani gerufen. Der jüngere der beiden war dreizehn Jahre alt und hiess Sri Suwan. Da sie sich für die damalige Zeit bereits im mündigen Alter befanden, entschied der Vater, es sei nun opportun, sie langsam auf ihre kommenden Aufgaben vorzubereiten. Denn sie waren es, die dereinst seine Nachfolge antreten und das Reich gerecht und weise regieren sollten. Also rief er die beiden eines Tages zu sich und sprach:

"Meine Söhne, der Tag ist nicht mehr weit, an dem ihr über dieses Reich gebieten werdet. Ihr habt nun das Alter erreicht, in dem es sich geziemt, das notwendige Wissen zu erwerben, welches Euch gestatten soll, Euer künftiges Erbe zu bewahren. Also sollt ihr von weisen Männern all das lernen, was für Eure späteren Aufgaben nützlich und hilfreich ist".

Die Brüder verneigten sich vor ihrem Vater und versprachen, seinem Willen zu entsprechen. Nach einigen weiteren väterlichen Ratschlägen verbeugten sie sich abermals und verabschiedeten sich. In jener Zeit lebten die weisen Männer als Asketen und Einsiedler und hüteten die Perlen ihrer Weisheit in der Tiefe undurchdringlicher

Wälder oder weit abgelegener Dörfer. Nach fünfzehn mühsamen und gefährlichen Tagesmärschen durch den wilden Dschungel fanden Phra Aphai Mani und Sri Suwan schliesslich zwei Meister, in deren Obhut sie sich begeben wollten. Der eine Meister lehrte die Kunst des sanften Flötenspiels, der andere unterwies in der rauhen Meisterschaft des Schwertkampfes. Während sich Phra Abhai Mani ohne zu zögern für die schönen Künste entschied, wählte der jüngere Sri Suwan die harte Schule der Selbstverteidigung. Die einzige Schwierigkeit bestand anfänglich darin, das keiner der beiden die sechs Kilogramm reinen Goldes besass, welche jeder Lehrer für seine Unterweisung forderte. In jenen Tagen war es üblich, das besonders weise Männer recht üppig für ihre Dienste entlohnt wurden. Nachdem die beiden Knaben den ehrwürdigen Eremiten jedoch von dem väterlichen Auftrag berichteten, akzeptierten beide einen Ring als Entlohnung, denn die Unterweisung von Knaben königlichen Geblüts galt auch den weisesten unter ihnen als besonderes Privileg. Die beiden Jungen machten erstaunlich rasche und grosse Fortschritte in ihrer Ausbildung. Der Meister der Musik nahm Phra Aphai Mani mit auf die Kuppel eines Berges und was er ihn dort lehrte, war nicht das normale Flötenspiel. Wann immer der Knabe spielte, verliessen die wilden Tiere, selbst Tiger und Elephanten, den Dschungel, und lauschten gebannt dem magischen Klang des Instrumentes. Nach sieben Monaten beherrschte der Schüler das Instrument in Perfektion und war mittels seines Spiels in der Lage, Menschen in den Schlaf zu wiegen, bestimmte Begehrlichkeiten in ihnen zu wecken aber auch sich deren Seele zu bemächtigen. Der Meister war dergestalt beeindruckt, das er dem Schüler den Ring als Zeichen seiner Wertschätzung zurückgab. Dieser dankte dem Lehrer und suchte den Bruder auf, der mittlerweile sämtliche Kampfkünste und Waffen meisterhaft beherrschte und ebenfalls von seinem Meister den Ring zurückerhalten hatte. Im Glauben, den Wünschen des Vaters gerecht geworden zu sein, machten die beiden sich frohen Mutes auf den beschwerlichen Rückweg in den heimatlichen Palast.

Dort angekommen erwartete sie der Vater mit Stolz und Freude und war begierig zu erfahren, was die Söhne gelernt hatten. Das väterliche Wohlwollen wich aber alsbald einem grossen Unmut, welcher in einer Brandrede des erzürnten *Sudasna* mündete:

„Ich will nichts mehr von Euch hören. Musik! Musik ist etwas für fahrende Sänger! Sogar die Frauen meines Palastes können dies erlernen. Und die Kenntnis des Waffenhandwerks ist etwas für die gemeinen Soldaten. Was haben Herrschersöhne damit zu tun? Ihr habt Schande über mich gebracht und ich muss euch deshalb fortschicken".

Sprachs und verschwand in seinen Gemächern. Angesichts des unerwarteten Zornesausbruchs ihres Vaters sahen sich die beiden Knaben verdutzt an. Phra Aphai Mani sprach zu seinem jüngeren Bruder:

„Unser Vater zürnt uns so sehr das er uns aus seinem Palast geworfen hat. Wenn wir jetzt allein hinaus in die Welt müssen, werden wir dann nicht verhungern"?

"Fürchte Dich nicht, mein Bruder. So lange Leben in uns ist, werden wir unsere Reise fortsetzen. Vielleicht haben wir Glück und finden unterwegs eine Stadt oder ein Dorf, welches uns Obdach gewährt. Wir haben unser Wissen und unser Können, wovor sollen wir uns also ängstigen"?

Und so entschlossen sich die beiden, als einfache Leute verkleidet, in die Welt hinauszuziehen. Phra Aphai Mani hatte seine geliebte Flöte bei sich, während Sri Suwan sich für alle Fälle mit einem harten Stecken bewaffnet hatte. Und so wanderten sie tagaus und tagein, über Felder und Wiesen, Täler und Höhen. Sie assen wild wachsende Früchte und Wurzeln und nach einem Monat erreichten sie schliesslich die Küste. Am Strand liessen sie sich im Schatten eines

Baumes nieder, um den müden Füssen eine Pause zu gönnen. Nun begab es sich, das sich die drei Söhne eines lokalen Brahmanen[13] just an diesem Ort trafen, um dort zu spielen. Jeder der drei verfügte über eine besondere Begabung. Der älteste namens Mora konnte riesige Boote aus Reisstroh bauen. Sanon, der mittlere, konnte auf Kommando Wind und Regen herbeirufen und der jüngste, Wichien war ein meisterhafter Bogenschütze, der mit sieben Pfeilen gleichzeitig ein Ziel treffen konnte.

Phra Aphai und Suwan gaben sich gleich als Söhne Sudasnas zu erkennen und die drei Brahmanenkinder freuten sich über die neuen Spielkameraden und man tauschte sich angeregt über die jeweiligen Fähigkeiten aus. Doch ebenso wie der eigene Vater sahen die die drei neuen Freunde keinen Sinn darin, seine Zeit mit dem Erlernen des Flötenspiels zu verschwenden. „Welchen Nutzen hat das, abgesehen davon, das man damit die Mädchen becircen kann"?, so fragten sie. Phra Aphai Mani lächelte und antworte:

„Musik bringt viel Segen und ist so wertvoll wie der Schatz einer ganzen Stadt. Spiele ich beispielsweise auf dieser Flöte, so vergessen Menschen und Tiere, ja sogar himmlische Wesen ihren Ärger, wenn sie den schönen Melodien lauschen. Und sie werden dadurch besänftigt und in den Schlaf gewiegt. Ja, Musik ist von grossem Liebreiz. Wenn ihr mir nicht glaubt, so hört mir nun zu".

Nach diesen Worten begann Phra Aphai Mani sein magisches Spiel und alsbald fielen die drei Söhne des Brahmanen in Trance und nickten kurz darauf ein; und auch Sri Suwan ereilte das gleiche Schicksal. Phra Aphai Mani jedoch spielte weiter gedankenverloren seine unsterblichen Melodien.

---

[13] Die Brahmanen (ब्राह्मण) stellen im indischen Kastensystem die Angehörigen der Varna, der obersten Kaste. Im hinduistischem Kontext ist es das Vorrecht und die Pflicht der Brahmanen, Lehrer des Veda (mündlich überlieferte, später schriftlich niedergelegte Sammlung hinduistischer Texte) und Gelehrte zu sein, bis heute auf den heutigen Tag stellen hauptsächlich sie die Priester. Daher war „Brahmane" auch ein religiöser Titel. Im modernen Indien üben sie jeden Beruf aus. In Thailand bzw. Siam waren Brahmanen (in Thai: prahm พราหมณ์) überwiegend am Königshof zu finden, wo sie als Berater, Astrologen und Verfasser sakraler Texte tätig waren.

Ganz in der Nähe lebte auf dem Grund des Meeres in einer palastartigen Höhle ein gewaltiges Meeresungeheuer, die Menschenfresserin Nang Phi Süa Samut. Sie hatte ihren Palast verlassen, um einige Fische für ihr Mittagsmahl zu fangen. Angelockt von den süssen Melodien kroch sie unbemerkt auf den Strand. Als sie den gutaussehenden Jüngling erblickte, verliebte sie sich auf der Stelle in ihn und beschloss, ihn zu entführen. Der in sein Spiel vertiefte Phra Aphai Mani bemerkte nicht, wie sich Phi Süa Samut näherte und blitzartig packte sie ihn, sprang ins Meer tauchte mit ihm auf den Grund des Meeres. Kein normal Sterblicher hätte diesen Höllenritt überlebt, aber Aphai verlor lediglich für eine Weile das Bewusstsein. Er erwachte auf einem Felsenbett liegend in einer geschmackvoll eingerichteten Unterwasserhöhle. Die schöne Frau neben ihm vermochte ihn nicht zu täuschen, denn er wusste nur zu genau, das das Meeresungeheuer zeitweilig eine menschliche Gestalt angenommen hatte um ihm die Furcht zu nehmen.

Folgerichtig blieben auch alle Versuche Phi Süa Samuts, ihn für sich einzunehmen, vergeblich. Phra Aphai Mani behandelte sie grob und beschimpfte sie unflätig und wann immer sie seine Nähe suchte, stiess er sie zurück. Doch nachdem er alle Hoffnung auf eine erfolgreiche Flucht verloren hatte, gab er dem zudringlichen Werben Phi Süa Samuts unter der Bedingung nach, das die Menschenfresserin ihn nicht auf ihren Speiseplan setzen würde.

Nachdem diese sämtliche von ihm geforderte Eide geschworen hatte, nahm er sie zu ihrer grossen Freude zur Frau. Merkwürdigerweise gingen beide künftig trotz der erzwungenen Heirat pfleglich miteinander um. Zwar konnte und durfte der frischgebackene Gemahl die Höhle nicht verlassen, aber Phi Süa Samut war stets um sein Wohlergehen besorgt.

Nach einiger Zeit gebar sie einen Sohn, der den Namen Sin Samut (สิน สมุทร), der Schatz des Meeres, erhielt. Der Knabe wuchs heran und vereinte die Eigenschaften seiner Eltern. Er war gutaussehend wie der Vater und eine Amphibie wie die Mutter. Er liebte es stundenlang zu schwimmen und sich auf offener See mit den Meeresjungfrauen zu tummeln. Niemals ging er an Land und während sich die Mutter ob der familiären Idylle im siebten Himmel wähnte, vermisste Phra Aphai Mani noch immer seinen Bruder und das Leben, das er früher geführt hatte ...

--- Ende Kapitel 1 ---

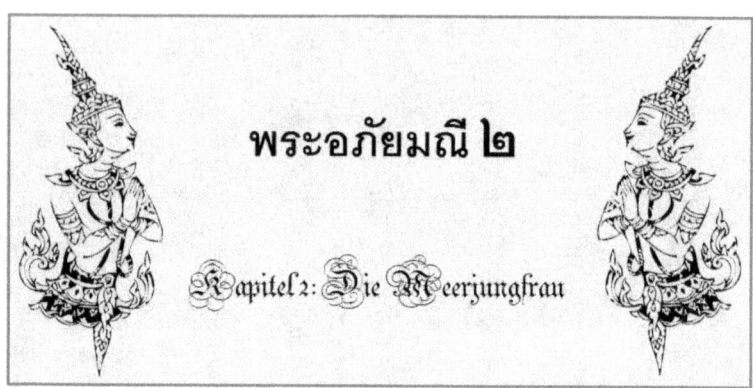

พระอภัยมณี ๒

Kapitel 2: Die Meerjungfrau

Eines Tages tummelte sich der kleine Sin Samut wie üblich im Ozean, während sein Vater schwermütig allein in der Höhle sass und die Mutter auf der Jagd nach frischem Fisch war. Der Knabe entdeckte plötzlich einen Nix und da er diesen dem Vater zeigen wollte, ergriff er dessen Schwanzflosse und zog ihn mit aller Kraft in die Unterwasserhöhle. Phra Aphai Mani war entsetzt und im strengen Ton wandte er sich an seinen Sohn:

„Weisst Du nicht, das Du Deine Mutter sehr verärgert hättest, wäre sie Zeuge Deines Handelns gewesen. Sie weiss bislang noch nicht, das Du bereits so stark geworden bist, das Du Deinen Vater jederzeit bei einer Flucht helfen könntest".

Da Sin Samut nicht verstand, warum der Vater an Flucht dachte, setzten sich die beiden zusammen und Phra Aphai Mani erzählte ihm die ganze Geschichte von Beginn an. Als der Knabe erfuhr, dass seine Mutter eine verwandelte Menschenfresserin war, begann er zu weinen. Der gefangene Nix, der unterdessen um sein Leben bangend auf dem Boden lag, konnte der Unterhaltung der beiden folgen, da er menschliche Vorfahren hatte. So nahm er den all seinen Mut zusammen und wandte sich an Phra Aphai Mani:

"Herr, verschonen Sie mein Leben und ich und meine Familie werden Euch helfen, sich aus den Klauen des Ungeheuers zu befreien. Ich werde Sie zu einer wunderschönen Insel führen, wo ein alter Einsiedler mit übernatürlichen Kräften lebt. Dort werdet Ihr sicher sein. Sie können auf meinen Rücken, Euer Sohn auf dem Rücken meiner Frau reiten. Eure Aufgabe aber wäre es, das latente Misstrauen Eurer Gemahlin zu zerstreuen und eine List zu ersinnen, sie für drei Tage und Nächte wegzuschicken. Dieser Vorsprung sollte genügen, um uns alle in Sicherheit zu bringen".

Phra Abhai Mani war beeindruckt von dern Worten des Nix und sie begannen sogleich, genaue Pläne für die Flucht zu schmieden. Schliesslich verabschiedete sich der Nix und versprach, zum vereinbarten Zeitpunkt zurückzukehren. Kurze Zeit darauf kam Phi Süa Samut von ihrem Fischzug zurück und verstaute die reiche Beute in der Vorratskammer. Phra Aphai Mani und Sin Samut waren darauf bedacht, keinerlei Verdacht zu wecken. Schliesslich begab man sich wie üblich zur Nachtruhe. Aber die Menschenfresserin wurde in dieser Nacht von einem fürchterlichen Alptraum heimgesucht. Darin wurde ihr unterseeischer Palast völlig zerstört und sie kam dabei ums Leben. Nachdem sie aufgewacht war, erzählte sie das Geträumte ihrem Mann und bat diesen um einen Rat. Der nutzte die günstige Gelegenheit und teilte der verstörten Phi Süa Samut mit, das die einzige Möglichkeit, dem kommenden Unheil zu entrinnen darin bestünde, sich drei Tage und drei Nächte am Fusse eines Berges niederzulegen und sich nicht von der Stelle zu rühren. Die arglose Gattin dankte ihm für den vermeintlich hilfreichen Rat und begab sich tags darauf in aller Frühe zu einem hohen Berg auf dem Festland.

Sobald sie gegangen war, begannen Vater und Sohn mit der Vorbereitung ihrer Flucht. Sie verliessen die Höhle und als sie auftauchten, warteten dort bereits der Nix sowie dessen Frau und Tochter auf sie. Phra Abhai Mani konnte den Blick nicht von der schönen Tochter abwenden und dachte bei sich, hätte sie Beine anstelle einer Schwanzflosse wäre sie schon längst eine der Palastdamen. Da jede weitere Verzögerung den Unterschied zwischen Leben und Tod bedeuten konnte, mahnte man alsbald zum Aufbruch. Phra Aphai Mani bestieg den Rücken des Nix, während dessen Frau Sin Samut trug und die Tochter beiden folgte. Sie waren bereits drei Tage sehr schnell unterwegs ohne ihr Ziel zu erreichen, als sie merkten, das sich hinter ihnen ein fürchterlicher Sturm zusammenbraute. Der Nix erfasste die Situation als erster:

„Unglücklicherweise hat die Menschenfresserin Eure Flucht bemerkt und verfolgt uns jetzt. Es ist anzunehmen, das sie uns in Kürze eingeholt haben wird".

Phra Aphai Mani fühlte sich zunehmend unwohl in seiner Haut. Sin Samut aber lachte nur und sprach zum Vater:

"Überlass' das nur mir. Ich bleibe zurück und werde mit Mutter reden. Aber Du must Dich sputen".

Dann sprach der Nix:

„Zum Teufel, all meine Kraft ist aufgebraucht, ich kann nicht mehr weiter. Auch meine Frau ist am Ende ihrer Kräfte. Aber wir haben ja noch unsere Tochter".

Und seiner Tochter sagte er:

„Dein Vater hat das Ende seiner Tage erreicht. Aber Du musst meine Aufgabe vollenden. Jetzt ist es Deine Pflicht, den Prinzen zu der Insel zu bringen, wo er in Sicherheit wäre".

Die Tochter gehorchte und Phra Abhai Mani kletterte auf ihren Rücken. Sie war jung und stark und pflügte ohne grosse Anstrengung durch die Wellen. Inzwischen hatte die Menschenfresserin Sin Samut erreicht und der Junge war schockiert, denn Phi Süa Samut hatte inzwischen ihre natürliche Gestalt angenommen. Entsetzt schrie er:

„Wer oder was bist Du, Du hässliches schwarzes Ding, ein Meeresungeheuer oder eine Bestie vom Festland"?

Phi Süa Samut antwortete:

"Kennst Du Deine Mutter nicht"?

Da sie mit der gleichen sanften Stimme wie in der Höhle sprach, erkannte Sin Samut sie nun. Doch weigerte er sich hartnäckig, trotz der flehentlichen Bitten der Mutter, ihr zu erzählen wo der Vater sich befand. Stattdessen tauchte er ab und verschwand in den Tiefen des Meeres. Nun wandte sich der Nix an das Meeresungeheuer und versprach ihr, sie zu Phra Aphai Mani zu führen; sollte ihm dies nicht gelingen, könne sie ihn und seine Frau zur Strafe töten. Phi Süa Samut akzeptierte den Vorschlag und folgte dem beiden. Diese schwammen aber genau in die entgegengesetzte Richtung der Insel.

Phra Aphai Mani hatte mittlerweile die rettende Insel erreicht. Hier lebte ein weiser und mächtiger Eremit, dem 100 hier gestrandete Schiffbrüchige aus vielen Ländern der Welt zu Diensten waren - Chinesen, Inder, Siamesen, Indonesier, Engländer, Holländer und andere Europäer. Dieser lebte in einer Höhle auf einem Hügel und ernährte sich ausschliesslich von Früchten, Gemüse und Kräutern, die in grosser Fülle und Vielfalt auf der Insel gediehen. Aufgrund seiner Frömmigkeit und Freundlichkeit stand er bei allen Bewohnern der Insel in hohem Ansehen. Phra Aphai Mani begab sich gleich nach seiner Ankunft zu seiner Höhle, um seinen Respekt zu bekunden und sich unter den Schutz des Eremiten zu stellen. Nur wenige Augenblicke später erschien die wütend fauchende Menschenfresserin. Den Nix und seine Frau hatte sie, als sie die Täuschung bemerkt hatte, schon vorher in tausend Stücke zerrissen. Da sie den geweihten Boden der Insel nicht betreten konnte, richtete sie ihre riesige Gestalt drohend auf und forderte mit donnernder Stimme die Herausgabe ihres Mannes. Der Eremit begab sich an den Strand und machte ihr Vorhaltungen. Aber Phi Süa Samut lamentierte und drohte in beleidigendem Ton weiter und warf dem Einsiedler vor, er überschreite seine Befugnisse. Der Eremit nahm daraufhin ein wenig magischen Sand und blies diesen in ihre Richtung. Da die Menschenfresserin machtlos gegen die magischen Künste war verblieb ihr nichts weiter, als sich gleichermassen verwirrt wie erzürnt zurückzuziehen.

Phra Aphai Mani, Sin Samut und die schöne Nang Nüak lebten fortan auf der Insel und da sie dem Eremiten immer wieder mit kleinen Gefälligkeiten erfreuten, fand dieser zunehmend Gefallen an dem Trio und nahm sie in seine Obhut. Im Laufe der Zeit fühlte sich Phra Aphai Mani immer stärker zu der Nixe hingezogen. Immerhin hatte sie seinetwegen ihre Eltern verloren und überdies sein Leben gerettet. Und da sie von aussergewöhnlicher Schönheit war, bat er sie, seine Frau zu werden. Angesichts der zunehmenden Avancen hatte sie sich bereits vorher reichlich Gedanken über die grundsätzliche Problematik der Situation gemacht:

"Du bist ein Mensch und lebst an Land. Ich bin eine Amphibie und meine Heimat ist das Meer. Wir sind sehr verschieden. Wie können wir da einander lieben? Das ist unmöglich. Wenn Du mich gnädigerweise liebst, wirst Du lediglich an Würde einbüssen. Also lass' mich schlicht als Deine Dienerin an Deiner Seite leben".

„Nein", sprach Phra Aphai Mani, *" Liebe ist allen Lebewesen gemein, seien sie Mensch, Tier oder Fisch. Es ist jedermanns freier Wille zu entscheiden, wen er liebt. Auch wenn wir unterschiedlichen Arten angehören, ist doch unbestreitbar, das wir für einander bestimmt sind. Wie sonst hätten wir uns ob aller Widerstände hier zusammen finden können. Also sage nicht, Du willst meine Dienerin sein. Ich bin nicht Dein Herr, ich möchte Dein Liebhaber sein".*

Dies überzeugte die Nixe und dort am Strand unter dem Licht des Vollmondes, vereinigten sich beide glücklich, wohlwissend, welch seltsame Geschicke sie hier zusammengeführt hatten. Ohne war es am Ende doch Bestimmung?

Die Verbindung von Phra Aphai Mani und seiner Nixe war harmonisch und glücklich. Zu keiner Zeit liessen sie es zu, das die Unterschiede ihrer Art ihre idyllische Zweisamkeit beeinträchtigten. Und so vergingen die folgenden sieben Monate wie im Fluge. Unterdessen hatten sich Phra Aphai Mani und sein Sohn mit den Inselbewohnern angefreundet und von ihnen verschiedene europäische Sprachen und diverse chinesische Dialekte gelernt. Vor allem Sin Samut verehrte den Eremiten sehr und so fasste er sich eines Tages ein Herz und fragte den weisen Mann, ob er und sein Vater nicht die heiligen Eide schwören dürften, um danach vom Meister unterwiesen zu werden. Dieser stimmte erfreut zu und nach der erforderlichen Initiation unterrichtete der Eremit beide in den heiligen Lehren und der Philosophie.

Eines Tages erreichte ein Schiff die Insel Ko Käo Phitsadan. An Bord befanden sich König Thao Silarat und seine schöne Tochter Suwanmali aus dem benachbarten Reich von Phalük. Die Tochter hatte den Vater um die Seereise gebeten, da ihr in einem Traum gesagt worden sei, am Ende der Reise träfe sie ihr künftiges Schicksal. Der Vater hatte schliesslich ihrem Drängen nachgegeben und ein kleineres Schiff für eine kurze Kreuzfahrt ausgerüstet. Allerdings waren sie alsbald in einen schweren Sturm geraten und weit vom Kurs abgetrieben worden. Als sie dann eines Morgens die grüne Insel am Horizont entdeckten, waren sie sicher, dies sei die Wunderinsel des Hermiten. Sie gingen an Land um dem Einsiedler ihren Respekt zu bezeugen. Während sie den Hügel hinaufstiegen, trafen sie auf Vater und Sohn, die dort meditierten. Als sich das Gefolge des Königs näherte, blickten beide auf und als Phra Aphai Mani die schöne Suwanmali erblickte, war es um ihn geschehen. Die Prinzessin war ihrerseits erfreut und überrascht, das der ehrwürdige Meister einen derart gutaussehenden Schüler hatte. Ihre Blicke verrieten mehr als tausend Worte hätten sagen können. Nachdem man einander begrüsst hatte, schilderte Thao Silarat die Umstände, die sie hierher geführt hatten. Dann bat er Phra Aphai Mani ihm seine Geschichte zu erzählen. Dieser tat worum man ihn gebeten und schilderte seine bisherige Odyssee, von der Lehre beim Meister des Flötenspiels bis zu seiner Ankunft auf der Insel. Der König und seine Tochter waren sichtlich bewegt von der Schilderung und bekundeten ihr Interesse an der magischen Flöte. Man bat Phra Aphai Mani um eine Kostprobe seines Könnens, was dieser aber unter Hinweis auf die von ihm geschworenen heiligen Eide, die das Flötenspiel untersagten, höflich ablehnte. Allerdings habe er seinem Sohn die Kunst des Spiels gelehrt und sollte der Meister zustimmen, könne dieser an seiner statt dem Wunsch des Herrschers entsprechen. Der Meister willigte ein und der Sohn begann umgehend die magischen Melodien zu intonieren. Ein Zuhörer nach dem anderen fiel in einen tiefen Schlaf, so das am Ende nur noch Sin Samut und sein Vater bei Bewusstsein waren.

Phra Aphai Mani hatte nun die Möglichkeit, die schlafende Suwanmali genauer zu betrachten. Er näherte sich ihr, berührte sie aber nicht und eine Welle der Leidenschaft übermannte ihn. Nachdenklich nahm er wieder Platz und seine Gedanken kreisten fortan weniger um die Techniken der Meditation. Als erstes erwachte der Eremit, der sichtlich darüber amüsiert war, das auch er eingenickt war und lächelnd läutete er die Glocke, um die anderen zu wecken. Sin Samut hatte mittlerweile bemerkt, wie stark sich der Vater zu der schönen Prinzessin hingezogen fühlte. Und so bedurfte es nur eines kleinen Hinweises durch den Eremiten und er wusste, was zu tun war. Also ging er zu ihr und sprach mit kindlicher Stimme:

„Ich mag Dich. Ich denke, Du bist sehr nett. Weisst Du, ich bin ein Waisenkind. Willst Du meine Mutter sein und mich überall dahin mitnehmen, wohin Du gehst"?

Die Hofdamen begannen hinter vorgehaltener Hand zu kichern. Suwanmali errötete und ihre Wangen blühten auf wie junge Rosen, was ihre Schönheit nur noch vergrösserte. Aber da sie den Knaben mochte, stimmte sie zu. Schliesslich entschied König Silarat die Heimreise anzutreten. Es wurde beschlossen, das der Vater den adoptierten Sin Samut begleiten durfte und schweren Herzens nahm man Abschied von der schönen Insel und dem ehrwürdigen Meister. Nun hatte Phra Aphai Mani noch einen schweren Gang vor sich. Er begab sich an den Strand und rief die schöne Meerjungfrau zu sich. Diese ahnte bereits was er ihr sagen wollte und eröffnete ihm nun ihrerseits, das sie ein Kind von ihm erwarte. Mit Tränen in den Augen gestand er ihr, das auch dies nichts an seinem Entschluss ändern würde und gab ihr einen kostbaren Ring, eine juwelenbesetzte Brosche und den Rat, sich und das Kind unter den Schutz des Eremiten zu stellen. Nachdem das Schiff die Insel bereits verlassen hatte, gebar Nang Nüak einen Sohn, der seinem Vater wie aus dem Gesicht geschnitten war. Sie gab ihm den Namen Sud Sakhon, die Weite des Meeres, folgte dem Ratschlag Phra Aphai Manis und begab sich in die Obhut des Einsiedlers.

--- Ende Kapitel 2 ---

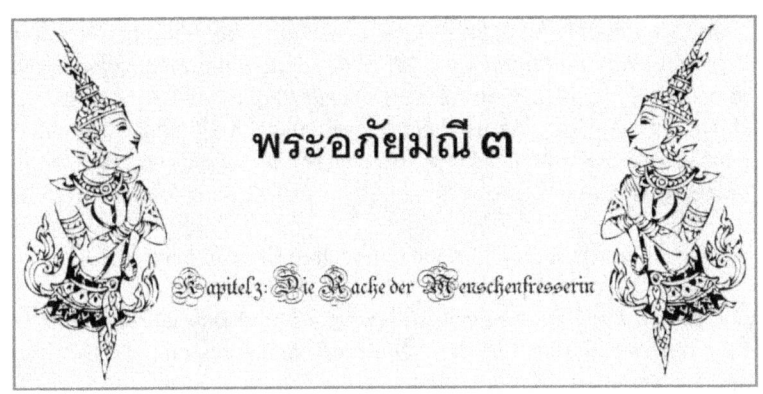

König Silarats Schiff setzte mit den Passagieren und der aus aller Herren Länder kunterbunt zusammengewürfelten Besatzung die Segel. Während der König und seine Tochter mitschiffs logierten, kam die Entourage im Bug unter; Phra Aphai Mani und der Rest wurde das Achterdeck zugewiesen. Sin Samut blieb natürlich bei seiner „Adoptivmutter", aber hin und wieder fand er Zeit und Gelegenheit, mit dem Vater zu sprechen. Der erkundigte sich nicht nur nach dem Befinden seines Sohnes, sondern war begierig alles Neue über Suwanmali zu erfahren. So erfuhr er, das dieser seine Avancen nicht verborgen geblieben waren und sie sich bewusst war, das er ein ausgewiesener Bewunderer und Kenner des weiblichen Geschlechts war; dennoch schien er Eindruck auf sie gemacht zu haben. Er vertraute seinem Sohn an, das er, sobald sie ihr Reiseziel erreicht hatten, er der Prinzessin seine Dienste anbieten wolle. Dann bat er den Sohn um den Schal, den Suwanmali diesem geschenkt hatte.

Nachdem Sin Samut in das königliche Logis zurückgekehrt war, rief ihn die Prinzessin zu sich und bemerkte sofort, das dieser ihren Schal nicht mehr trug. Der Knabe gab zunächst vor, ihn in seine Kiste gelegt zu haben, aber Suwanmali drang weiter in ihn ein und so gestand er schliesslich alles, auch die langfristigen Pläne seines Vaters. Die Prinzessin war gerührt und sagte:

„Sag' so etwas nicht. Wenn die Leute das hören, gibt es einen Skandal. Und im übrigen kann ich seine Dienste gar nicht annehmen, denn ich werde, gleich nach unserer Ankunft, den Sohn des Königs von Lanka heiraten, so wie es mein Vater wünscht. Deinem Vater aber richte bitte aus, das ich ihn sehr schätze und ihn künftig wie einen Bruder behandeln werde".

Sin Samut wurde wütend und im kindlichen Übermut rief er:

„Warum solltest Du einen Ausländer heiraten? Das werde ich nicht zulassen! Ich werde um Dich kämpfen, denn ich möchte Dich für meinen Vater".

Suwanmali versuchte den erregten Knaben zu beruhigen und sprach mit sanfter Stimme:

„Es ist schon spät, sprich nicht so laut und spiel Dich nicht so auf".

Dann legte sie ihn auf ihre Couch, worauf er alsbald einschlief. Am nächsten Tag erwachte Sin Samut und schweren Herzens begab er sich zu seinem Vater und erzählte ihm von dem Gespräch mit Suwanmali. Die Nachricht bekümmerte Phra Aphai Mani so sehr, das er kaum die Tränen zurückhalten konnte. Die Aussicht, die einzige Frau, die er jemals richtig geliebt hatte zu verlieren, brachte ihn schier um den Verstand. Viele Gedanken rasten durch seinen Kopf: Becirce sie, kämpfe um sie, entführe sie falls notwendig ... Am Ende bat er den Sohn, doch noch einmal in seinem Sinne vorstellig zu werden.

Sin Samut begab sich also erneut zu Suwanmali und die Tränen liefen ihm wie Sturzbäche über die geröteten Wangen. Angesichts dieses Gefühlsausbruches fragte sie ihn gleichsam erstaunt wie beunruhigt:

„Was ist los mit Dir? Hör' auf zu weinen und erzähle mir alles. Ich liebe Dich so wie das Leben selbst und werde Dir jeden Wunsch erfüllen".

Unter Tränen stammelte der Junge:

„Du bist so hartherzig, du wirst Vater damit umbringen und mich auch. Vaters Herz ist gebrochen und er weiss nicht mehr aus noch ein. Du hast seinen Antrag zurückgewiesen und ziehst die Zuneigung des Prinzen von Lanka vor. Deshalb sieht er keinen Sinn darin, weiter zu leben. Wir haben daher beschlossen, bei Sonnengang gemeinsam über Bord zu springen".

In ihrer Naivität glaubte Suwanmali dem Knaben und war sehr beunruhigt. Und sie bat ihn inständig, auf den Vater einzuwirken, damit dieser sein unsinniges Vorhaben noch einmal überdenke.

„Sage Deinem Vater, das ich ihm nichts als die reine Wahrheit gesagt habe. Trotzdem begehrt er mich immer noch. Was auch immer in Deinem kleinen schlauen Köpfchen vor sich geht, Du kannst mir alles sagen, aber springe nicht über Bord".

Sin Samut gab sich mit dieser Antwort zufrieden, sprang auf und rannte aufs Achterdeck, wo der Vater ihn bereits ungeduldig erwartete. Nachdem er den Bericht gehört hatte, schöpfte Phra Aphai Mani erneut Hoffnung und er gab Sin Samut seinen siebenkarätigen Diamantring.

„Gib ihn der Prinzessin und bitte sie im Gegenzug um das Kollier, das sie immer trägt".

Der fleissige Bote machte sich sofort auf den Weg und so kam es, das Suwanmali alsbald den Diamantring trug und Phra Abhai Mani glücklich war, zumindest ihr Kollier sein eigen nennen zu dürfen.

Während ihres gesamten Aufenthaltes auf der Wunderinsel hatte Phi Süa Samut nur einen Gedanken: wie bringe ich den flüchtigen und untreuen Gemahl wieder in meine Gewalt? Und sie beauftragte alle Elfen und Kobolde die ihr untertan waren, die Insel ständig zu beobachten. Und so kam es, das die Menschenfresserin schon nach kurzer Zeit die Nachricht erhielt, das ein Schiff das Eiland verlassen habe. Sie schickte ihre Helfer Tag und Nacht aus und am 15. Tag hatten diese das Boot aufgespürt. Bis zu diesem Tag war die Reise problemlos verlaufen, bei ruhiger See und stetem Wind kam man zügig voran. Am Abend wurde am Horizont eine Insel gesichtet, auf der sich ein gewaltiger Berg erhob, der die Form einer Wolke hatte. Sobald jedoch die Dunkelheit einsetzte, kam rund um das Schiff ein gewaltiger Sturm auf. Der Wind heulte in den Masten und Wellenbrecher schossen über das Deck. Und die Intensität des Sturmes nahm von Stunde zu Stunde zu und liess das Schiff steuerlos auf den meterhohen Wellen tanzen. Zu allem Unglück kreisten die ersten düsteren Gesellen aus dem Gefolge des Ungeheuers um das Schiff, machten drohende Gebärden und schnitten fürchterliche Grimassen. Mannschaft und Passagiere fielen auf die Knie und begannen zu beten. Kurz vor Sonnenaufgang erschien schreiend und wild gestikulierend Phi Süa Samut. Durch die Anwesenheit der Menschenfresserin ermutigt, machten sich die ersten Kobolde daran, das Schiff zu entern. Zwar feuerte die Besatzung mit ihren Musketen auf die Angreifer, was diese aber nicht sonderlich zu beeindrucken schien. Schliesslich ergriff Phi Süa Samut mit ihrer riesigen Pranke das Ruder des Schiffes und unter dem Druck der haushohen Wellen brach es schliesslich auseinander. Die Damen und Herren des Adels waren nun ebenso ein Spielball der Wellen, wie die Mitglieder der Besatzung. Einige Unglückliche wurden in kurzer Zeit Opfer der, seit geraumer Zeit gierig auf Beute lauernden, Haie. Einige fanden vorläufige Rettung auf dem Rücken kleiner Wale und Tümmler.

Suwanmali wurde sofort von Sin Samut gerettet, während Phra Aphai Mani sich an eine Holztür klammerte und so kurz vor Sonnenaufgang das rettende Ufer erreichte. Zu seinem Glück hatte ihn die rasende Phi Süa Samut in dem ganzen Chaos zeitweilig aus den Augen verloren. Stattdessen versuchte sie ihren Sohn zu fangen. Aber da dieser die Gewandtheit des Vaters und die aquatischen Fähigkeiten der Mutter in sich vereinte, gelang es ihm immer wieder, zu

entkommen. Schliesslich erblickte sie den untreuen Gatten am Strand und nahm die Verfolgung auf. Phra Aphai Mani zögerte keine Sekunde und rannte in Richtung des Berges, den man am Abend zuvor bereits von See aus erblickte hatte. Dort angekommen kletterte er in rasender Eile hinauf, dicht hinter ihm die schnaufende Meschenfresserin. Je höher er stieg, desto glatter wurde der Fels und Phi Süa Samut verlor einige Male das Gleichgewicht und musste schliesslich wohl oder übel die Verfolgung einstellen. Am Fusse des Berges lauernd versuchte sie ihren Gatten zu überreden, hinunter zu kommen.

"Mein Gemahl, mein schöner Mann, warum fürchtest Du Dich vor mir und versuchst Dich zu verstecken? Ich bin Dir die ganze Zeit bis hierhin gefolgt. Komm zu Deiner Frau. Verleugne mich nicht und sei mir nicht böse".

Doch Phra Aphai Mani war vollauf damit beschäftigt sich in Sicherheit zu bringens und nahm keinerlei Notiz von den flehentlichen Bitten. Er stieg so hoch hinauf wie er konnte und sank dann zu Boden, um ein Gebet des Dankes zu entrichten. Kurz daruf gesellten sich rund 100 weitere Schiffbrüchige zu ihm, die ebenfalls den Haien und der Menschenfresserin entkommen waren. Als er sich vergewissert hatte, das er hier oben sicher war, trat er an die Kante der Bergkuppe und sah auf Phi Süa Samut hinunter. Es folgte ein langes Gespräch der beiden, indem er sie bat, ihn nicht mehr zu verfolgen und sie verlangte, er solle herunterkommen. Schliesslich riss ihr der Geduldsfaden und sie besann sich auf ihre übernatürlichen Kräfte. Als erstes schickte sie einen anhaltenden Regen, der Phra Aphai Mani und alle anderen bis auf die Haut durchnässte. Danach liess sie auch noch einige kräftige Hagelschauer niedergehen.

Phra Aphai Mani beriet sich unterdessen mit den übrigen Leidensgenossen. Sein Mitgefühl und seine Geduld waren am Ende. Er bat die anderen, sich die Ohren zuzuhalten und begann auf seiner magischen Flöte zu spielen. Die Melodien zerrissen das Herz des Ungeheuers, für sie bedeuteten die himmlischen Klänge gleichsam

Ekstase und Agonie, Verzücken und Bitterkeit, Freude und Verzweiflung. Schliesslich fiel sie in Ohnmacht. Als das letzte Echo der magischen Laute in den Hügeln verklang, starb Phi Süa Samut an gebrochenem Herzen und ihr Körper erstarrte zu Stein.

~~~ Ende Kapitel 3 ~~~

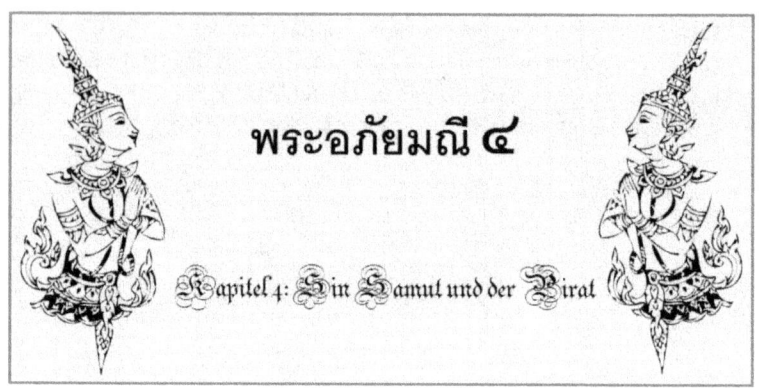

พระอภัยมณี ๔

Kapitel 4: Sin Samut und der Pirat

Sin Samut, dessen natürliches Element von Geburt an das Meer war, hatte keine Probleme, Suwanmali zu tragen. Er bugsierte sie elegant durch die schäumenden Wogen und selbst die Haie hielten voller Respekt Abstand. Dennoch begannen mit der Zeit auch seine Kräfte zu schwinden und als die Prinzessin dies bemerkte sprach sie:

„Mein liebster Samut, Du bist erschöpft. Überlass' mich einfach meinem Schicksal hier im Meer und schwimme zurück, Deinen Vater zu suchen".

Obwohl fast am Ende seiner Kräfte schwamm Samut weiter:

"Wenn Du stirbst, sterbe ich mit Dir. Denn Du bist jetzt meine Mutter und meine Mutter kann ich nicht zurücklassen, damit das Meer sie verschlingt. Ich habe noch ein wenig Kraft übrig, also weine und verzage nicht, sondern habe Mut".

Die letzten Reserven mobilisierend erreichten beide endlich gegen Sonnenuntergang eine Insel. Nachdem er Suwanmali sicher an den Strand gebracht hatte, brach er vor lauter Erschöpfung zusammen und fiel in einen tiefen Schlaf. Die Prinzessin nahm in ihre Arme und als es dunkle Nacht wurde, schluchzte sie verzweifelt:

„Oh, mein liebster Samut, warum wachst Du nicht auf? Ich versuche seit Stunden erfolglos Dich zu wecken. Du hast mich aus Todesgefahr in rauer See geborgen und mich hierhin in Sicherheit gebracht. Jetzt wo wir an Land in Sicherheit sind, willst Du mich verlassen? Wirst Du sterben, mein lieber Junge und mich hier allein zurücklassen? Habe Erbarmen mit Deiner Mutter, die nicht mehr aus noch ein weiss".

Und so lamentierte sie ununterbrochen bis der Mond aufgegangen und das Summen der vielen Insekten deutlich zu vernehmen war. Das Samuts Körper noch warm war, schürte ihre Hoffnungen und sie wendete sich voller Inbrunst mit einem Gebet an die Göttern; wenn es das Schicksal so bestimmt hatte, wollte sie gemeinsam mit Samut sterben, anderenfalls bat sie darum, er möge endlich erwachen. Sie hatte kaum das letzte Wort gesprochen, als Sin Samut, erfrischt von der Kühle des nahenden Morgens, die Augen aufschlug. Sie nahmen einander überglücklich in die Arme und genossen für einen Moment das Gefühl der Zweisamkeit.

Sin Samut fand schliesslich einen Unterschlupf unterhalb einer Klippe und richtete sie so komfortabel wie möglich her. Dann erkundete er die nähere Umgebung der Insel und brachte einige Früchte mit, die er unterwegs gepflückt hatte, welche beide mit grossem Appetit nach den Anstrengungen des gestrigen Tages verzehrten. Als die Sonne aufging, segelte ein Schiff in die Bucht und ging dort vor Anker. In kleinen Booten ruderten holländische Matrosen auf die Insel zu, wo sie ihre Vorräte an Frischwasser aufzufüllen hofften. Bass erstaunt musterten sie die schöne Prinzessin und den Knaben. Sin Samut konnte sich mit ihnen verständigen und erfuhr, das das Schiff einem gefürchteten englischen Piraten mit dem Namen Surang gehörte. Nachdem er den Seeleuten von seinem Schicksal erzählt hatte, fragte er, ob man sie vielleicht bis zum nächsten Hafen auf dem Festland mitnehmen könne. Dann aber bemerkte er, das die Matrosen begehrliche Blicke auf Suwanmali warfen und als diese auch noch unschickliche Bemerkungen machten, rügte er sie mit strengen Worten. Doch die rauen Gesellen der See lachten nur über das Gezeter des Jungen. Sie nahmen beide gefangen und brachten die menschliche Prise auf das Schiff der Freibeuter.

Kapitän Surang war äusserst erfreut angesichts des ansehnlichen Frauenzimmers und des stattlichen jungen Burschens. Er selbst hatte weder Weib noch Kind und die Vorstellung, die beiden nun in seiner Nähe und in seiner Gewalt zu wissen, erfüllte ihn mit Befriedigung. Er behandelte die beiden fortan wie Gäste, wies ihnen die besten Kabinen an Bord zu und pflegte einen höflichen Umgangston. Nachdem alles zu seiner Zufriedenheit arrangiert war, gab er Befehl, volle Segel zu setzen und schnell verschwand die Insel hinter dem Horizont.

Einige Tage später räkelte sich Surang in seinem grossen Sessel und sprach zu seiner Mannschaft. Selbstzufrieden stellte er fest, das es sich bei den beiden Schiffbrüchigen zweifelsohne um eine junge Witwe in Begleitung ihres Sohnes handeln musste. Man werde sich einander noch näher kommen, in jedem Fall werde sie ihrem Schicksal nicht entrinnen. Aber der Knabe stünde im Wege und man müsse ihn, zumindest zeitweilig, ausser Gefecht setzen. Der Pirat befahl seinen Männern ein Fest vorzubereiten und ein Fass Rum bereitzustellen. Im Laufe des Abends wollte er Samut betrunken machen, so das er freie Bahn bei der schönen Prinzessin hatte.

Schliesslich war alles bereit und der Kapitän liess den Jungen zu sich holen. Beide nahmen an einer reich gedeckten Tafel Platz und der Knabe liess es sich schmecken. Surang schenkte dem Jungen kräftig Rum in den Krug, den dieser arglos trank, da ihm Alkohol und dessen Folgen unbekannt waren. Mit hochrotem Kopf verhielt sich Samut immer albener, türmte kleine Hügel von Hühnerschlegeln und Entenbrüsten vor sich auf, während der Pirat immer wieder den Becher füllte. Schliesslich sank Samut volltrunken zu Boden und Surang befahl einigen seiner Matrosen, ihn in seine Kabine zu bringen, wo er seinen Rausch ausschlafen sollte.

Surang sah nun seine Stunde gekommen und wollte sie nutzen, sich Suwanmalis zu bemächtigen. Er legte seine besten Gewänder an und schlich in ihre Kabine, wo die Prinzessin im Halbschlaf auf ihrer Koje lag. Als der Pirat sich neben sie setzte sprang sie entsetzt auf und zog sich in den hintersten Winkel der kleinen Kabine zurück. Dabei rief sie aus Leibeskräften nach Sin Samut. Surang, seiner selbst sicher, beobachte die Szene mit einem überlegenen Lächeln und sprach mit arroganter Stimme:

"Es gibt keinen Grund wegzulaufen, wenn ich die Kabine betrete, es ist schliesslich mein Schiff. Oder erinnere ich Dich an Deinen verstorbenen Gemahl, der nicht mehr länger bei Dir ist? Zu schade, das er Dich allein und hilflos zurückgelassen hat. Aber mach' Dir keine Sorgen. Sei vernünftig, werde die Meine und ich werde für Dich und Deinen Sohn sorgen. Ich weiss, ich bin anders als Dein toter Gemahl, aber ich kann Dich beschützen".

Dia ganze Zeit über hatte er Suwanmali fest im Blick und so entging ihm nicht, das seine Argumente nicht überzeugten, sondern ganz im Gegenteil, den Widerstand seines Objektes der Begierde noch verstärkte. Also verschärfte der Pirat den Ton:

"Also, hör' endlich auf hier rumzuzicken. Auch wenn Du Dich wehrst, Du kannst mir nicht entkommen. Es ist besser, Du fügst Dich in Dein Schicksal. Es wäre für uns alle das Beste, wenn Du mir ohne weiteres Theater zu Willen bist. Also, komm' schon Weib"!

Seine Drohungen unterstrich Surang dadurch, das er immer wieder mit der Faust auf die Holzkante der Koje schlug. Suwanmali war sich ihrer verzweifelten Lage bewusst und erkannte, das nur ein kluger Schachzug sie jetzt noch retten konnte. Sie entschloss sich, den Kapitän zunächst zu beruhigen:

"Ihr seid sehr freundlich, mir Euren Schutz anzudienen und ich danke Euch aus vollem Herzen für Eure noble Offerte. Aber könnt Ihr mir ein wenig Zeit gewähren, darüber nachzudenken? Es besteht keine Eile, wir sind ja immer noch auf See. Wartet bis wir den nächsten Hafen erreicht haben und ich werde Eurem Begehr entsprechen".

Surang durchschaute die Absicht und antwortete verärgert:

"Du versuchst nur Zeit zu schinden mit Deinen Schmeicheleien. Ich kann und will nicht warten, bis wir wieder an Land sind. Ich habe lange genug auf eine Frau wie Dich gewartet. Du kannst mich nicht reinlegen, sobald wir wieder festen Boden unter den Füssen haben, wirst Du versuchen, zu fliehen. Also, willst Du jetzt gehorchen oder muss ich andere Mittel anwenden"?

Suwanmali gelang trotz des blanken Entsetzens, welches sich in ihr breitmachte, noch einmal mit dem Mute der Verzweifelung ein letzter Überzeugungsversuch:

"Wenn ihr mir jetzt kein Entgegenkommen zeigt, dann werde ich mich töten, denn mit dieser Schande könnte ich nicht leben. Gebt mir ein klein wenig Zeit. Bitte schickt mir meinen Sohn, damit ich mich mit ihm beratschlagen kann. Ich werde ihm die Situation erklären und er wird danach keine Einwände mehr erheben. Wartet wenigstens bis heute Abend, ich kann Euch hier auf hoher See ohnehin nicht entkommen.Also geht jetzt bitte, schickt mir meinen Sohn und kommt erst heute Abend zurück".

Surang war zwar ein alter Haudegen und mit allen Wassern gewaschener Freibeuter, aber mit Frauen kannte er sich nicht so recht aus. Da er nicht wollte, das sie ihn mit einem möglichen Freitod um das lang ersehnte Vergnügen brachte, gab er schliesslich ihrem Drängen nach und sprach:

"Nun gut, wenn die Dinge so sind, werde ich bis heute Abend warten. Aber ich verlange einen Beweis von Euch, das ihr mich nicht hereinlegen wollt. Lasst mich also zunächst meine grosse Leidenschaft mit einem Kuss auf Eure schönen Wangen zähmen".

Suwanamali war sich nun sicher, die Schwachstelle des Piraten ausgemacht zu haben und ging ihrerseits in die Offensive:

"Ihr seid abscheulich" rief sie, *"je mehr ich Euch entgegenkomme, umso unverschämter und rücksichtsloser werden Eure Avancen. Falls*

ihr mich wirklich liebt und begehrt, tut um was ich Euch bat. Heute Nacht werde ich Euch gehören. Bis dahin, lasst mich allein. Warum seid ihr immer noch hier und erregt damit meinen Unmut"?

Surang sah, das sie verärgert war und da er das versprochene Schäferstündchen nicht durch weiteres Insistieren gefährden wollte, sagte er mit einem schiefen Lächeln:

"Blas' Dich nicht so auf und mach hier kein Theater. Ich werde mich bis heute abend gedulden. Aber so bald es dunkel wird, gehörst Du mir".

Sprachs und stolzierte wie ein Gockel aus Suwanmalis Kabine. Er ging zu Sin Samuts Kabine und fand den Jungen immer noch schlafend vor. Er weckte ihn auf und Sin Samut, mittlerweile wieder nüchtern, teilte ihm mit, das er den Zustand der Trunkenheit als wenig wünschenswert empfunden habe und von nun an keinen Tropfen Alkohol mehr anrühren werde. Als er in die Kabine der Prinzessin trat, lag diese weinend und schluchzend in ihrer Koje. Unter Tränen berichtete sie das Geschehene und sprach:

„Leider ist es mein Schicksal zu sterben. Ich kann ihm auf keine andere Art entkommen. Ich werde mich also selbst töten. Du aber gehe zurück zu Deinem Vater und sage ihm, das wir leider in diesem Leben nicht zusammen kommen konnten, aber wenn es so vorherbestimmt ist, treffen wir uns vielleicht im nächsten noch einmal".

Samut raste vor Wut:

„Dieser vorwitzige Strolch! Eine Krähe, die einen goldenen Schwan besteigen will! Ich werde ihm jeden einzelnen Knochen im Leib brechen"!

"Stop!" antwortete Suwanmali, *"Du weisst nicht, was Du da redest. Du kannst nicht gegen einen ausgewachsenen Mann kämpfen, der zudem als Pirat sicher schon viele Gegner getötet hat. Und er hat eine*

ganze Mannschaft da draussen. Du kannst es nicht mit allen gleichzeitig aufnehmen. Lass uns warten und zunächst genau überlegen ..."

Aber Samut wollte nichts davon hören. Er fürchtete niemanden auf dem Piratenschiff. Obwohl noch jung an Jahren, verfügte er bereits über die Kraft eines ausgewachsenen Mannes und ausserdem hatten ihm sowohl seine Mutter als auch der ehrenwerte Eremit von der Wunderinsel übernatürliche Kräfte verliehen. Er begab sich direkt zu Surang und forderte den Kapitän zum Kampf heraus:

"Du räudiger Hund!" schie er, "Du hast meine Mutter beleidigt. Denkst Du etwa, ich hätte Angst vor Dir? Komm heraus und lass' uns kämpfen. Ich werde Dich wie eine lästige Mücke zerquetschen"!

Als sich Surang erbost näherte, streckte ihn Samut mit einem gewaltigen Hieb nieder. Sogleich rief der Kapitän seine Mannschaft zur Hilfe und die Piraten eilten umgehend mit Knüppeln, Äxten und Entermessern bewaffnet herbei. Samut gelang es, eine dieser Äxte zu ergreifen und wild um sich schlagend, jagte er die Bande auseinander. Dann rannte er erneut auf Surang zu und mit einem einzigen Streich schlug er dessen Kopf von den Schultern. Dann hob er den kopflosen Körper ihn die Höhe und die nunmehr verängstigten Piraten fielen auf die Knie und baten um Gnade. Sin Samut blickte zufrieden und erleichtert um sich:

"Männer! Wenn ihr die Waffen nicht mehr gegen mich erhebt, schenke ich Euch das Leben. Ich erschlug euren Kapitän nur deshalb, weil er dachte, ich sei noch ein Kind und könne meine Mutter nicht verteidigen".

Nun trat Angura, der Bootsmann vor, und versicherte Samut, das von nun an die gesamte Crew loyal zu ihm stehen werde.

"Sir, wenn Sie unser Leben verschonen, werden wir Ihren Befehlen gehorchen und Euch überall hin folgen".

Und so wurde Sin Samut unerwartet der Kapitän eines Piratenschiffes und einer kompletten Mannschaft. Er gab den Befehl, auf kürzestem Weg zum Festland zu segeln. Dann begab er sich unbeschwerten Herzens in die Kabine Suwanmalis, um ihr von seinem grossen Sieg zu berichten.

--- *Ende Kapitel* 4 ---

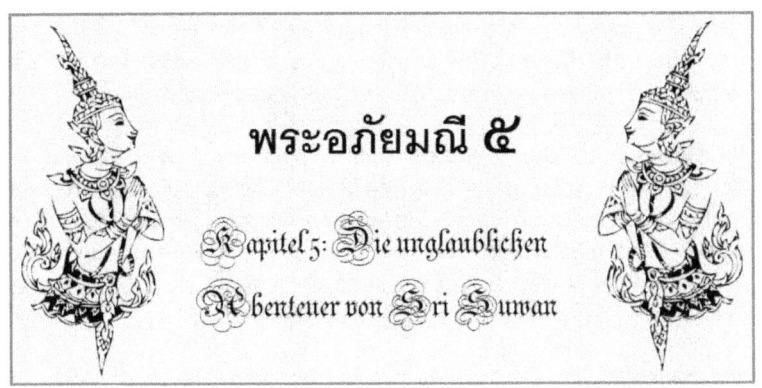

พระอภัยมณี ๕

Kapitel 5: Die unglaublichen
Abenteuer von Sri Suwan

Was war inzwischen mit Sri Suwan passiert, der seit der Entführung Phra Aphai Manis durch die Menschfresserin, nichts mehr von seinem Bruder gehört hatte? Sri Suwan und seine drei neuen Freunde, die Kinder des Brahmanen, waren durch die magischen Laute der Flöte in einen tiefen Schlaf gefallen. Die Sonne färbte sich glutrot und versank am Horizont im glitzernden Meer. Die heraufziehende Kühle des Abends, das sanfte Rauschen der Wellen und das zunehmende Zwitschern der zahlreichen Vögel weckte Sri Suwan schliesslich auf. Zu seiner Überraschung war Phra Aphai Mani nirgends zu sehen. Er weckte die drei anderen and fragte:

"Wo ist mein Bruder hingegangen? Noch vor einem Moment hat er hier auf seiner Flöte gespielt. Der Strand ist flach umd kein Gebüsch in der Nähe, er kann sich also nirgends verstecken, um uns zu necken".

Auch die drei Freunde hielten es für unwahrscheinlich, das sich Phra Aphai Mani einfach davon gemacht und seinen Bruder hier zurückgelassen hatte. Es musste etwas Aussergewöhnliches passiert sein, während sie geschlafen hatten. Sie begannen den Strand abzusuchen und schon nach kurzer Zeit stiessen sie auf riesige Fussabdrücke im Sand, die vom Meer aus in die Richtung führten, wo Phra Aphai Mani gesessen hatte.

"Das sind keine menschlichen Fussabdrücke" rief einer der Jungen, und sofort überfiel alle eine Mischung aus Angst und Entsetzen. *"Ein riesiges Meeresungeheuer muss Deinen Bruder geholt haben"*.

Sri Suwan hatte den gleichen Gedanken und er sank weinend zu Boden, wo er schliesslich das Bewusstsein verlor. Die drei kleinen Brahmanen machten sich nun grosse Sorgen, sowohl um den verschwunden als auch den vor ihnen liegenden Freund. Sie versorgten Sri Suwan so gut sie konnten und als dieser wieder bei Kräften war, begann er sein Schicksal zu bedauern:

"Oh mein Bruder, Du hast mich verlassen und ich werde Dich nie wiedersehen. Bislang haben wir all unser Freud und Leid geteilt, besonders seit wir den Hof des Vaters verlassen mussten und den Entbehrungen und Gefahren einer langen Wanderung durch den Dschungel ausgesetzt waren. Wir waren immer zusammen und nun bin ich plötzlich allein".

Und er lamentierte so herzzerreissend vor sich hin, das auch die drei Freunde ihre Tränen nicht mehr zurückhalten konnten. Dennoch versuchten sie alles, um ihn wieder aufzuheitern:

"Ergib Dich nicht in Selbstmitleid und Trauer, sondern fasse Mut! Alle Lebewesen dieser Erde ist es bestimmt Freude und Leid zu erfahren. Und was das Verschwinden Deines Bruders anbelangt, wir wissen doch gar nicht, ob er bereits tot ist oder noch lebt. Wir sollten uns auf den Weg machen, ihn zu suchen. Wir können auf das Meer hinausfahren und vielleicht treffen wir ihn irgendwo. Wir werden alle drei bei Dir bleiben und Dir helfen, bis wir ihn gefunden haben. Also, hör' auf zu weinen, wir verlieren nur wertvolle Zeit".

Was er gehört hatte überzeugte Sri Suwan, und da er wieder Mut gefasst hatte, kehrte auch seine Energie und Lebensfreude zurück. Er dankte den drei Verbündeten:

"Das ihr mich begleiten wollt, zeigt mir wie gross euer Herz und aufrichtig eure Freundschaft ist. Aber wo sollen wir anfangen zu suchen, das Meer ist unendlich weit und tief"?

Der kleine Brahmane namens Sanon hatte sich bereits intensiv mit okkulten Praktiken und magischen Ritualen beschäftigt. Er hob jeden seiner Finger und began dabei zu zählen, was ihn schliesslich in einen tranceähnlichen Zustand versetzte. Aus der Trance erwacht hatte er gute Nachrichten für Sri Suwan:

"Du brauchst Dir keine Sorgen um Deinen Bruder zu machen. Ein weibliches Wesen hat ihn geholt, aber er ist sicher und wohlauf. Du wirst ihn vermutlich zu einem späteren Zeitpunkt wiedersehen. Auch wenn er gegenwärtig auf dem Meeresboden südöstlich von hier gefangen ist, wird er nicht sterben. Also, lasst uns aufbrechen und ihn suchen".

Nun waren Moras Fähigkeiten gefordert und dieser baute in kurzer Zeit ein seetüchtiges Boot. Die vier Knaben gingen an Bord und Mora übernahm das Kommando. Sanft glitt das Schiff durch die Wogen, der Mond leuchtete silberhell und eine beständige Brise bauschte die Segel. Sri Suwan und seine drei Gefährten fanden zunehmend Gefallen an diesem Abenteuer, auch wenn niemand wissen konnte, wie es enden würde. Sie verbrachten viele Tage und Nächte auf See, bis sie das Schicksal eines Tages an die Küste Romachakras führte. Die vier gingen an Land und erblickten sofort den grossen Wachturm auf einer Klippe. Die Gegend war also bewohnt und kurz darauf kam eine grössere Siedlung in Sicht. Nachdem sie kurz beratschlagt hatten, entschieden sie an Land zu gehen und der Stadt einen Besuch abzustatten.

Die Küstenwächter hatten das herannahende Boots bereits lange vorher gesichtet und die Signaltrommeln geschlagen. Die Freunde strichen die Segel und das Schiff wurde an der Mole festgemacht. Unterdessen hatte Sri Suwan ebenfalls die brahmanische Kleidung angelegt. Bevor sie an Land gingen setzten sie das Schiff in Brand, damit die Einheimischen nicht sehen konnten, das es mit magischen Kräften erbaut worden war. Nachdem alle Versuche der Küstenwache den Brand zu löschen vergebens waren, sank das Wrack auf den Boden des Meeres.

Als der Kommandant der Küstenwache die vermeintlich schiffbrüchigen Brahmanen vor sich sah, hatte er sofort Mitleid mit ihnen. Er bat sie in sein Quartier und fragte, wer sie seien und woher sie kämen. Sanon antwortete als ihr Sprecher:

"Wir vier sind Brüder und kommen aus Kamwasi. Ich bin der älteste und werde Sanon genannt. Neben mir stehen Wichien und Mora. Der Name des Jüngsten ist Sri Suwan. Wir sind wandernde Heiler und suchen auf den Inseln nach Heilkräutern. Wir gerieten in einen Sturm und die Mannschaft ging komplett über Bord. Dann wurden wir weit vom Kurs abgetrieben, wären fast gesunken und hatten schliesslich Glück, an diese Küste getrieben worden zu sein. Wie ist der Name eurer Stadt"?

"Diese Stadt nennt sich Romachakra und wird von Thao Tosawongsa regiert".

Da er die vier Brahmanen offensichtlich bereits in sein Herz geschlossen hatte, plauderte er munter drauf los:

"Der König hat eine wunderschöne Tochter die Käo Kesra heisst. Alle benachbarten Herrscher begehren und freien um sie. Der mächtige Thao Usaren legt sich besonders ins Zeug und hat schon offizielle Brautwerber gesandt, die in seinem Namen um die Hand der Prinzessin anhalten sollen. Und er hat gedroht, falls er sie nicht bekäme, werde er uns den Krieg erklären. Deshalb sind wir alle in Alarmbereitschaft. Ich kann euch versichern, es wird Ärger geben".

Die vier Freunde waren nicht besonders beunruhigt und baten lediglich um eine Unterkunft und die Erlaubnis, die Stadt besuchen zu dürfen. Der Kommandant nahm lächelnd ihre bescheidenen Wünsche zur Kenntnis und bot an, ihnen die Stadt persönlich zu zeigen. Nachdem sie einige Zeit durch das Gewühl der Gassen geschlendert waren, erreichten sie schliesslich den Palast.

Vor dem Palast lag eine Strasse mit Häusern und zahlreichen Geschäften sowie einem gut besuchten Markt. Die vier Freunde erregten eine Menge Aufsehen, insbesondere die Marktfrauen versuchten sie durch Schmeicheleien an ihre Stände zu locken. Dem Kommandanten kam die ganze Situation auch ganz gelegen, denn angesichts der fremden Brahmanen zeigten sich die Frauen besonders generös und er erhielt eine ordentliche Menge an Betel und Tabak geschenkt. Die vier Freunde hingegen zeigten wenig Interesse an den feilgebotenen Waren.

Schliesslich näherte sich eine Palastdienerin, die man beauftragt hatte, einige Dinge auf dem Markt zu besorgen. Sie war von lebenslustiger, um nicht zu sagen leichtfertiger, Natur und kaum hatte sie Sri Suwan erblickt, verliebte sie sich in ihn. Sie liess ihren Einkaufskorb fallen und rannte auf ihn zu und bot ihm einen Blumenkranz zur Begrüssung an. Aber Sri Suwan beachtete sie nicht einmal, was wiederum Gelächter und anzügliche Bemerkungen der Anwesenden zur Folge hatte. Dies machte das Mädchen zwar wütend, aber so einfach wollte sie nicht aufgeben und sie folgte ihrem Schwarm nun auf Schritt und Tritt.

Mittlerweile war die lange Abwesenheit der Dienerin im Palast aufgefallen und man schickte eine weitere Dienstmagd, um nach dem Rechten zu sehen. Der auf der Strasse liegende Korb liess diese zunächst Schlimmeres befürchten, aber schliesslich erblickte sie die Vermisste, die immer noch versuchte, Sri Suwan mit ihrem Schlafzimmerblick zu becircen. Die kräftige Magd verpasste ihr eine schallende Ohrfeige und zog sie an den Haaren zurück in den Palast. Kurz darauf stand die Verliebte Maid zitternd vor ihrem Vorgesetzten, der sie sogleich intensiv bezüglich ihres peinlichen Auftrittes in der Öffentlichkeit befragte. Vor lauter Angst griff das Mädchen zu einer Notlüge und behauptete, der junge gutaussehende

Brahmane sei ihr Liebhaber. Dann sog sie sich in epischer Breite weitere Behauptungen über dessen Qualitäten und lautere Absichten aus den Fingern.

Ihr Vorgesetzter stauchte die junge Dame noch einmal richtig zusammen und beschloss, die Angelegenheit den vier Ammen der Prinzessin zur Kenntnis zu bringen. Die Ammen amüsierten sich köstlich über die Geschichte und beschlossen, sich den gutaussehenden jungen Mann einmal aus der Nähe anzuschauen. Und sie befahlen der Palastwache sich gemeinsam mit dem Mädchen auf die Suche zu machen und den jungen Brahmanen in den Palast zu bringen. Die Soldaten hatten alsbald den Gesuchten gefunden und umzingelten den ahnungslosen Sri Suwan:

"So, das ist also der Liebhaber. Taugt zu nichts, aber mit den Frauen des Palastes poussieren. Du kannst von Glück sagen, wenn die Neunschwänzige Katze[14] nicht schon bald auf Deinem Rücken tanzt. Wir haben Befehl, Dich zum Palast zu bringen. Also los, beweg' Dich".

Der Kommandant geriet angesichts der unberechtigten Anschuldigungen in Rage:

"Das sind meine Freunde, die mich lediglich auf einem Rundgang durch die Stadt begleitet haben. Wann sollen die denn Zeit gehabt haben, mit Frauen aus dem Palast zu flirten? Es war die plappernde Göre dort, die versucht hat, sich an ihn heranzumachen".

Doch die Palastwächter hörten nicht auf den Kommandanten der Küstenwache und drohten ihm sogar ebenfalls mit Auspeitschung, sollte er sie weiter an der Arretierung des jungen Mannes hindern. So blieb ihm und den drei Freunden nichts weiter übrig, als dem Tross zu folgen. Als die vier Ammen dem jungen Brahmanen vor sich sahen, erkannten sie sofort, das das Mädchen ihn fälschlich beschuldigt hatte. Dieser stattliche junge Herr war kein Liebhaber einer Dienstmagd, sondern eher ein Prinz aus einem entfernten Königreich. Sie fragten sich allerdings, was den Jüngling nach Romachakra verschlagen haben mochte. Ja, er machte einen derart gewaltigen

---

[14] Bis Mitte des 19. Jahrhunderts wurde die Neunschwänzige Katze (*cat o´nine tails*), eine mehrsträngige Peitsche, zur Aufrechterhaltung der Disziplin auf englischen und amerikanischen Kriegs- und Handelsschiffen benutzt.

Eindruck auf die Hofdamen, das diese bereits mit dem Gedanken spielten, ob er der richtige Bräutigam für die Prinzessin sei. Um Zeit zu gewinnen beschlossen die Ammen, ihn zunächst weiter im Palast festzuhalten und wiesen das verdutzten Quartett an, vorerst im Haus des Palastgärtners Logis zu nehmen.

Den Freunden kamen das durchaus entgegen und sie sagten dem besorgten Kommandanten, das sie einverstanden seien und er sich nun wieder nach Hause begeben könne. Auch als sie ihm versprachen, ihn gleich nach ihrere Freilassung zu besuchen, versicherte er ihnen noch einmal, das er ein wachsames Auge auf die Entwicklung der Dinge haben werde. Und während er sich auf den Heimweg machte, murmelte er verärgert vor sich hin:

"Ein Skandal ist das! Unschuldige Menschen einfach einsperren! Wenn sie meinen Freunden auch nur ein Haar krümmen, werde ich persönlich beim König vorstellig werden!"

Die Wachen brachten die vier Freunde nun wie befohlen zum Haus des Palastgärtners, erklärten ihm kurz die Order der Hofdamen und zogen ab. Der alte Mann und seine Frau begannen schon nach kurzer Zeit zu lamentieren:

"Was sollen wir nur machen? Das sind alles junge Kerle. Wir sind alte Leute. Wenn sie versuchen zu fliehen, wie sollen wir sie aufhalten?"

Aber sie wurden alsbald beruhigt:

"Verehrter Grossvater, verehrte Grossmutter[15], wir versprechen keinen Fluchtversuch zu unternehmen, ihr braucht Euch also keine Sorgen zu machen. Wir sind fälschlicherweise beschuldigt worden und wir werden uns verteidigen und die Lügen als solche entlarven".

---

[15] Diese Anrede kann man nicht mit dem Verwandtschaftsgrad im europäischen Kulturkreis vergleichen. In Thailand ist Herr Grossvater (khun phu ขุนปู่ väterlicherseits bzw. khun taa ขุนตา mütterlicherseits) und Frau Grossmutter (khun jaa ขุนย่า väterlicherseits bzw. khun jaai ขุนยาย mütterlicherseits) generell als höfliche Anrede älterer Menschen üblich.

"Aber wie können wir Euch glauben, meine Herren? Wer würde schon vorher zugeben, das er zu fliehen gedenkt? Wir müssen Euch daher bitten ins Haus zu gehen und dieses nicht ohne unsere vorherige Erlaubnis zu verlassen".

Die Freunde gehorchten und der Gärtner und seine Frau bezogen vorsichtshalber auf der Veranda Wachposten. Sri Suwan hatte inzwischen über den Vorfall nachgedacht und fühlte sich zunehmend unwohl:

"Ich bin ebenso erstaunt wie beschämt, das man mir derart schlechte Manieren unterstellt. Warum habt ihr alle geschwiegen und seid mir nicht zur Hilfe gekommen?"

Die drei Freunde begannen zu lachen und antworteten:

"Hast Du schon vergessen, was uns der Kommandant über die schöne Tochter des Königs erzählt hat? Vielleicht hat uns das Schicksal hierher geführt. Uns ist nicht entgangen, wie aufmerksam die Ammen Dich gemustert haben. Vielleicht haben sie das alles nur inszeniert, damit Du die Prinzessin sehen kannst. Wie auch immer, wir werden es in Kürze wissen. Und Du beruhigst Dich jetzt am besten wieder, nicht das Du die Prinzessin schon vor eurem Treffen erschreckst".

Sri Suwan, in Liebesdingen noch sehr unerfahren, wies das Ansinnen der Freunde in ruhigem Ton zurück:

„Selbst wenn eine Göttin zur Erde herabstiege, wollte ich diese nicht treffen. Mein Wunsch und mein ganzes Trachten ist es, meinen Bruder zu finden und keine romantischen Verabredungen mit Frauen zu treffen. Wenn euch die Palastdamen gefallen, dann habt ihr meinen Segen; aber mich interessieren sie nicht".

Die Freunde lächelten und pufften einander vergnügt in die Seiten.

"Sei mal nicht so voreilig, wenn Du erstmal ein schönes Mädchen gesehen, gehört oder gar berührt hast, wirst Du Dich wie im siebten Himmel fühlen und schon auf den Geschmack kommen".

Und so machten sie weiter Andeutungen und Scherze auf Kosten Sri Suwans, was diesem überhaupt nicht behagte. Und so war er denn erleichtert, als der Gärtner und seine Frau, genervt von dem anhaltenden Gelächter, sie um Ruhe baten und ins Bett schickten. Am gleichen Abend versammelten sich die Ammen wie üblich um die Prinzessin und kamen nicht umhin, sich im Flüsterton über die Begegnung mit den Brahmanen auszutauschen. Das weckte zunehmend die Neugier Käo Kesras und sie fragte, über wen die Damen so angeregt tuschelten. Die Amme Prabhavati[16] erzählte, sie habe einen Traum gehabt, in dem ein junger Brahmane in den Palast gekommen sei. Doch die Prinzessin liess sich nicht aufs Glatteis führen und erkannte sofort die Absichten der Hofdamen. In strengem Ton sprach sie zu ihnen:

"Glaubt ja nicht, das mich Euer Geplapper über Männer im Geringsten interessiert. Ich werde niemals einem Mann gestatten mich zu lieben oder gar sein Eigen zu nennen. Auch wenn er aus reinem Gold gemacht wäre, hätte ich keinerlei Interesse".

In der kommenden Nacht hatte Käo Kesra einen Traum der sie dermassen aufwühlte, das sie ihn ihren Ammen erzählte. Eine grosse Schlange war in ihr Bett gekrochen und hatte sich um ihre Brust gewickelt. Sie fragte, was dieser Traum wohl zu bedeuten habe. Die Ammen lächelten und sagten, sie wollten lieber nicht den Traum deuten, das sie fürchteten, erneut den Unmut der Prinzessin zu erregen. Sie wiesen sie aber auf das in ihrem Gemach befindliche 'Buch der Träume' hin. Käo Kesra holte es sofort hervor und las mit wachsendem Unmut, das der Traum bedeute, sie werde sich alsbald verlieben. Verärgert warf sie das Buch auf den Boden.

---

[16] Prabhavati प्रभावती („Die Glänzende, Strahlende"), die Frau Pradyumnas, einer Inkarnation des Liebesgottes in der indischen Mythologie.

Sri Suwan sass sinnierend unter einem Baum, als er plötzlich eine weibliche Stimme hörte. Als er aufblickte, sah er Käo Kesra. Für einige Augenblicke stand sein Herz still und er war wie erstarrt. Wie gebannt hingen seine Blicke an dieser himmlischen Erscheinung, die sich aus höheren Sphären auf die Erde verirrt haben musste. Vielleicht waren sie sich schon einmal in einem früheren Leben begegnet. In jedem Fall war es für ihn die sprichwörtliche Liebe auf den ersten Blick. Und während er den Blick nicht von diesem ätherischen Wesen abwenden konnte, verlor er sich selbst in tiefe Kontemplation.

Die Prinzessin war ihrerseits gleichsam angefasst von der unerwarteten Begegnung mit dem gutaussehenden Brahmanen. Als sich ihre Blicke trafen, fuhr ein Gefühl durch ihren Körper, welches sie bisher noch nie gespürt hatte. Auch für sie war es Liebe auf den ersten Blick. Als sie langsam wieder ihre Fassung wiedergewonnen hatte, erröte sie, und in Anbetracht ihrer Stellung und der gebotenen weiblichen Zurückhaltung zog sie sich schnell zurück.

Als Käo Kesra davoneilte war es, als brenne ein inneres Feuer in Sri Suwan. Seine Blicke folgten ihr, bis sie die Stufen des Palastes hinaufstieg und dann verschwand. Er zitterte vor Aufregung und bedauerte, das sich ihm während dieses zufälligen Zusammentreffens keine Möglichkeit geboten hatte, sich zu erklären. Vorerst blieb ihm nur, vor sich hin träumend auf den Palast zu starren.

Auch die Prinzessin war nicht weniger traurig, das die Begegnung mit dem jungen Brahmanen so schnell vorüber war. Ihr Gesicht verdüsterte sich wie der Mond, der plötzlich von einer vorüberziehenden Wolke verdeckt wurde. Und auch sie gab sich ihren Phantasien hin und fand in dieser Nacht, genau wie Sri Suwan, keinen Schlaf.

Am nächsten Morgen begaben sich die vier Ammen in den Garten des Palastes. Ihren wachsamen Blicken waren die romantischen Gefühle, welche Käo Kesra nun für den jungen Mann hegte, nicht entgangen und sie waren entschlossen, mehr über ihn in Erfahrung zu bringen. Aber das einzige, was er von sich preisgab war der Schwur, der Prinzessin bis ans Ende seiner Tage dienen zu wollen. Als Beweis seiner aufrichtigen Zuneigung schrieb er ein Gedicht, welches ihre Anmut und Schönheit pries, und bat die Ammen, es ihrer Herrin zu überbringen. Bevor er das Gedicht übergab, streifte er noch den Diamantring von seinem Finger und legte ihn dazu.

Die Ammen kehrten mit Brief und Ring in den Palast zurück, entschieden aber, beides der Prinzessin nicht sofort zu überreichen. Deren Geduld war aufgrund ihrer plötzlich entfachten Leidenschaft äusserst strapaziert und sie hielt ihren Ammen eine gehörige Standpauke, weil sie es nicht vermocht hatten, mehr Informationen über das, nunmehr unverhohlene, Objekt ihrer Wunschträume zu beschaffen. Um sie zu beruhigen händigten ihr die Ammen schliesslich den Brief und den Ring mit der Bemerkung aus, es müsse sich wohl doch um einen Prinzen handeln, wenn dieser so wertvolle Geschenke machen könne.

Käo Kesra las das Gedicht, in welchem ihr der junge Brahmane erwartungsgemäss seine Liebe gestand und nicht unerwähnt liess, das er sich das Leben nehmen werde, bliebe diese unerwiedert. Zwar gab die Prinzessin vor, das sie der Brief nicht im geringsten beeindruckt habe, aber sie konnte die lebenserfahrenen Ammen nicht täuschen. Nachdem sie den Ring lange und genau betrachtet hatte, legte sie ihn an und sprach:

"Dieser Ring ist von aussergewöhnlicher Schönheit und zeugt von grösster Kunstfertigkeit. Ich werde ihm den Ring abkaufen, er soll seinen Preis nennen. Was sein merkwürdiges Pamphlet anbelangt, so werde ich ihm in einem Schreiben meinerseits deutlich mitteilen, was ich von seinen absurden Phantasien halte".

Die Ammen erhoben keine Einwände und schlugen der Prinzessin vor, sie möge doch den Ring als ein Geschenk von ihnen betrachten. Falls sie damit einverstanden sei, könne sie den Damen im Gegenzug den Schal schenken, welchen sie gestern Abend im Palastgarten getragen habe. Käo Kesra ahnte, das die Hofdamen sie durchschaut hatten, erröte und verlangte, um das Gesicht zu wahren, das die Ammen den Schal niemanden anderen geben dürften. Am Abend schrieb die Prinzessin ihren angekündigten Antwortbrief und versiegelte anschliessend sorgfältig den Umschlag.

Tags darauf übergaben die vier Ammen den Brief und den Schal. Sri Suwan war angesichts der vermeintlichen Gunstbezeugungen seiner Angebeteten vor Freude überwältigt. Er legte lächelnd den Schal und las seinen Freunden den Brief vor. Darin dankte ihm die Prinzessin für seine Freundschaft und die guten Absichten. Aber sie wundere sich doch sehr, das er das Reich seines Vaters und damit allen Luxus, Reichtum und heiratswillige Damen gegen Mühen und Fährnisse einer langen Reise getauscht habe, nur um eine Frau zu finden. Sie missbilligte ausdrücklich seine Schmeicheleien ihre Schönheit betreffend und kam zu dem Schluss, das seine Zuneigung nicht von Dauer sein könne. Sie zitierte das alte Sprichwort, demzufolge zuviel Süsse irgendwann sauer aufstiesse. Leider müsse sie ihm offen gestehen, das seine amourösen Avancen vergebens seien; falls er sie aber wirklich ehrlich und aufrichtig liebe, solle er in seine Heimat zurückkehren und dort den König zu bitten, den überlieferten Sitten und Gebräuchen folgend Botschafter zu schicken, um formal um ihre Hand anzuhalten. Sri Suwan war durchaus erfreut über diese Nachricht, denn noch Bestand Hoffnung, Käo Kesra für sich gewinnen zu können. Während er wieder in Phantasien über eine rosige Zukunft schwelgte, hatten sich die Ammen mit den drei Freunden in eine stille Ecke des Gartens zurückgezogen. Dort gesellten sich Prabhavati zu Mora, Ubol zu Sanon und Chongkol zu Wichien. Ausgerechnet die arme Sri Suda, welche so viel Zeit und Aufmerksamkeit auf ihre Kleidung und ihr Aussehen verwendet hatte, fand keinen Verehrer. Voller Wut und Enttäuschung kehrte sie in den Palast zurück, die Oberflächlichkeit der Männer im Allgemeinen sowie die Libertinage einiger Damen im Besonderen zu verfluchen. Nur einige Tage später begann die erwartete Invasion Romachakras durch die Armee des gefürchteten Herrschers Thao Usaren. Vor der Küste tauchte eine furchteinflössende Armada von

5.000 Kriegsschiffen auf und eine gewaltige Armee ging an Land. Der Widerstand der zahlenmässig weit unterlegenen Küstenwache war schnell gebrochen und schon einen Tag später war die Stadt eingeschlossen und die Belagerung begann. Der König Romachakras war in grosser Sorge, denn tausende seiner Untertanen hatten sich vor den herannahenden Truppen des Feindes in die Stadt geflüchtet. Die Vorräte gingen schnell zur Neige und alsbald machte sich unter der Bevölkerung Mutlosigkeit und Verzweiflung breit. Obwohl er über Kanonen verfügte und die Kampfmoral seiner Soldaten ungebrochen war, ahnte der König, das er einer längeren Belagerung nicht würde standhalten können. Immer wieder spielte er mit dem Gedanken sich zu ergeben und dem Angreifer seine Tochter zur Frau zu geben. Aber der Verlust an Ehre und Ansehen liess ihn die schwarzen Gedanken wieder verdrängen und auf ein Wunder hoffen.

Der Kommandeur der Truppen Thao Usarens erkannte die schwierige Situation der Belagerten und stellte ein Ultimatum. Er verlangte die sofortige und bedingungslose Kapitulation und die Zustimmung des Königs zur Heirat Käo Kesras mit seinem Herrn. Im Falle der Weigerung kündigte er an, die Stadt dem Erdboden gleichzumachen und alle Einwohner zu töten. Der König beriet sich mit seinen Ministern, die allesamt mit Rücksicht auf das Schicksal der Bevölkerung für die Annahme der Bedingungen des Ultimatums plädierten. Unsicher wie er war, bat der König um drei Tage Bedenkzeit, welche ihm die Belagerer grollend gewährten.

Unterdessen waren Sri Suwan und seine drei Freunde in dem weitläufigen Garten des Palastes, der sich ausserhalb befand, von der Stadt abgeschnitten. Die Brahmanen waren in grosser Sorge um Käo Kesra und ihre Ammen. Sie kamen überein, umgehend dem König ihre Hilfe anzubieten. Die Frage war allerdings, wie sie es schaffen sollten, durch den Belagerungsring in die Stadt zu gelangen. Sie entschieden sich für die rustikale Variante. Bewaffnet mit Schwertern und Keulen machten sie sich auf den Weg zum Stadttor, bereit jeden niederzuhauen, der sich ihnen in den Weg stellen würde.

Die Belagerer waren ob der Unverfrorenheit der vier Brahmanen derartig perplex, das sich ihnen niemand in den Weg stellte, bis sie die Stadtmauer erreicht hatten. Dann wurden die Freunde umzingelt. Daraufhin warfen sich diese mit allem was sie hatten auf die Feinde und jeder von ihnen tötete einen Gegner, köpften diesen und hielten den abgeschlagenen Kopf in die Höhe. Dies versetzte die gegnerischen Soldaten dermassen in Angst und Schrecken, das sie ungehindert bis zum Stadttor vordringen konnten; die Torwächter öffneten kurz eine der grossen Flügeltüren und die Freunde waren innerhalb der Stadtmauern.

In Windeseile verbreitete sich die Nachricht vom Husarenstück der jungen Männer in der Stadt und drangen schliesslich bis zum Palast vor, wo der König erstaunt die Neuigkeiten zur Kenntnis nahm und sogleich die vier Brahmanen zu sich rufen liess. Nachdem er sich einen persönlichen Eindruck vom Mut und von der Aufrichtigkeit sowie Loyalität seiner Gäste verschafft hatte, fragte er diese, ob sie bereit seien, die Stadt zu verteidigen und den Feind aus dem Land zu werfen. Sri Suwan gab sofort seine Zustimmung und der erfreute Herrscher versprach, ihn im Falle des Erfolges künftig als seinen Sohn anzunehmen und zu seinem Erben zu bestimmen. Nun weihte dieser den König in seine Pläne ein. Zunächst bat er um vier Pferde, alle von unterschiedlicher Farbe, schlachterprobt und komplett aufgezäumt. Dann sandte er eine Botschaft an Thao Usaren und forderte diesen zu einem Kampf Mann gegen Mann heraus. Sollte der Kämpfer Romachakras verlieren, werde der König ohne weitere Einwände und Verzögerung ihm seine Tochter zur Frau geben. Wenn allerdings Thao Usaren den Kürzeren zöge, müsste sich dessen Armee auf der Stelle zurückziehen. Thao Usaren nahm den Fehdehandschuh auf und man kam überein, das Duell am folgenden Tag auszutragen.

Sri Suwan war besorgt und teilte dem König mit, das Käo Kesra sich in einer schwierigen und entscheidenden Phase ihres Lebens befände und es deshalb von Nöten sei, eine heilige Zeremonie durchzuführen, um künftiges Unheil abzuwenden. Der junge Brahmane erklärte sich bereit, alle notwendigen Dinge persönlich vorzubereiten und erhielt die Zustimmung des Herrschers, alles nach seinem Gutdünken zu arrangieren. Dann ordnete er die Errichtung eines Pavillions innerhalb des Palastgeländes an, welches den vier Freunden künftig als Wohnstatt dienen sollte. Desweiteren stellte er eine Abteilung Soldaten direkt unter deren Kommando und befahl den Palastbewohnern, den Anweisungen Sri Suwans in Bezug auf die Zeremonie Folge zu leisten.

Schliesslich war alles vorbereitet und die vier Brahmanen wurden in den inneren Palast[17] gerufen und begaben sich in den Audienzsaal, um sich auf die vorbereiteten Plätze niederzulassen. Den Vorsitz führte Sri Suwan, der ungeduldig die Ankunft der Prinzessin erwartete. Natürlich durchschaute Käo Kesra die ganze Scharade. Der junge Mann hatte es geschafft, eine weitere persönliche Begegnung zu arrangieren, ohne dabei jemanden zu inkommodieren. Dennoch zögerte sie zunächst, aber angesichts der väterlichen Order und dem Wunsch, den jungen Brahmanen vor den drohenden Gefahren des bevorstehenden Duells warnen zu wollen, überwand sie ihre jungfräulichen Hemmungen. In Begleitung ihrer vier Ammen nahm sie direkt gegenüber Sri Suwan Platz. Die plötzliche Nähe der Angebeteten liess den jungen Brahmanen beinahe die ihm zugewiesene Rolle in der Zeremonie vergessen. Aber schliesslich hatte er sich wieder unter Kontrolle und sprach im Flüsterton, den die Anwesenden als Ausdruck sakralen Respektes werteten:

"Meine Angebetete, wende mir Dein Antlitz zu und schaue nicht so hoffnungslos in die Welt. Ich kam hierher Dir zu gestehen, das ich dem König, Deinem Vater, meine Dienste angeboten habe, weil ich Dich liebe. Ich habe mich danach gesehnt Dich wiederzusehen und deshalb dieses Treffen inszeniert. Also sprich bitte mit mir".

Käo Kesras Herz schlug ihr vor Aufregung bis zum Hals und, all ihren Mut zusammen nehmend flüsterte sie:

"Das ihr Euch dem Feind deshalb entgegenwerfen wollt, weil ihr mich liebt, spricht für Eure grenzenlose Güte. Wenn Ihr siegt, werde ich nicht aufhören zu jubilieren, sei es bei Tag oder Nacht. Wenn Ihr aber verliert und das Schicksal Euren Tod bestimmt hat, werde ich den kommenden Tag nicht mehr erleben".

---

[17] Im alten Siam war der "Hintere Palast", wie der Königspalast (wang luang วังหลวง) genannt wurde, in sich selbst auch noch mal in verschiedene Bereiche aufgeteilt. Da die Institution der Eunuchen in Siam unbekannt war, hatte nur der König selbst Zutritt zum innersten Teil, wo er und seine Haupt- und Nebenfrauen ihre privaten Gemächer hatten. Selbst den Söhnen des Herrschers war es in der Regel untersagt, ohne ausdrücklichen Befehl diesen Bereich zu betreten. Dem Kronprinzen war der sogenannte „Vordere Palast" (วังหน้า wang naa) vorbehalten. Bei Zuwiderhandlung drohte dem Delinquenten die Hinrichtung.

Was Sri Suwan da hörte, waren für ihn Klänge aus himmlischen Sphären.

"Du bist eine Frau, wie es keine zweite gibt. Und da ich Dich mehr als mein Leben liebe, werde ich morgen das Duell fechten. Ich werde meinen Gegner vom Angesicht der Erde fegen und Dich danach zu meinem Weibe machen".

Käo Kesra, die nichts von der harten Schule des Schwertmeisters wusste, die Sri Suwan durchlaufen hatte, war weniger optimistisch, was den Ausgang des Kampfes anbelangte. Sie schaute ihn an und fand, er sei eher zu klein und nicht kräftig genug für ein Duell auf Leben und Tod. Aber er beruhigte sie mit einem selbstbewussten Lächeln und bat sie, seinem Sieg mit ihrem Vater von der Stadtmauer aus beizuwohnen. Am kommenden Morgen machten sich Sri Suwan und seine drei Freunde für den Kampf bereit. Sie verabschiedeten sich vom König, bestiegen die wartenden Pferde und unter Trommelwirbel und den aufmunternden Zurufen der Palastgarde ritten sie durch das Stadttor in Richtung Kampfplatz. Verliebte Blicke flogen zwischen den vier Freunden und der Prinzessin sowie ihren Ammen hin und her.

Als die Truppen Thao Usarens die Jubelrufe aus der Stadt vernahmen und den herannahenden Kämpfer Romachakras sahen, begannen auch sie, ihre Schlachtgesänge anzustimmen. Ihre vier kampferprobten Kommandanten kamen ihnen sofort auf prachtvollen Schlachtrössern entgegen. Mutig und entschlossen gab Sri Suwan seinem Pferd die Sporen und griff den vordersten Gegner an. Dieser versuchte ihn mit einem Schwerthieb vom Pferd zu hauen, aber Sri Suwan wich der Attacke geschickt aus. Seinerseits gelang es ihm jedoch, seine Keule krachend auf dem Kopf des Gegners landen zu lassen. Dieser röchelte, sackte in sich zusammen und fiel schliesslich aus dem Sattel. Dem Beispiel ihres Anführers folgend, griffen nun auch die drei Freunde ihren jeweiligen Widersacher an. Mora gelang es mit einem schnellen Schwertstreich seinem Gegner den Kopf von den Schultern zu schlagen. Wichien trieb seine Lanze tief in den Körper des Feindes und ein Pfeil aus dem Bogen Sanons bohrte sich treffsicher in das Herz des letzten Opponenten. Angesichts des Todes ihrer vier Kommandanten lösten sich die Truppen Thao Usarens in Panik auf und zerstreuten sich in alle Winde.

Als der König Romachakras sah, das der Gegner endgültig besiegt und sein Reich gerettet war, brach er freudig in lautes Gelächter aus. Käo Kesra war unglaublich erleichtert und ihr Gesicht glühte sowohl vor Aufregung als auch Freude. Alle Soldaten Romachakras liessen die vier Helden hochleben. Als die vier vom Schlachtfeld zurückkehrten, erwartete sie der König bereits am Stadttor. Dann begleitete er sie auf ihrem Triumphzug durch die Stadt bis zum Königspalast. Dort befahl er dafür zu sorgen, das es den Heroen in dem mittlerweile hastig errichteten Pavillion an nichts mangeln sollte. Palastdiener, bereits ihnen jeden Wunsch von den Augen abzulesen, erwarteten sie bereits. Sie nahmen ein mit duftenden Essenzen bereitetes Bad, wurden anschliessend massiert und danach mit kostbaren Gewändern neu eingekleidet. Die köstlichsten Speisen und erlesensten Weine wurden ihnen aufgetischt und die vier jungen Männer tafelten ausgiebig. Lediglich die Anwesenheit der Prinzessin und ihrer Ammen wurde schmerzlich vermisst, denn diese hatten sich mit dem König in den Palast begeben.

Schliesslich wurde es Nacht und Sri Suwan blickte voller Wehmut hinauf zum nächtlichen Firmament mit seinen golden funkelnden Sternen.

„Was gäbe ich jetzt darum, Käo Kesra zu sehen. Ihr Gesicht ist so schön wie der strahlend helle Mond. Wie sehr begehre ich Sie in diesem Moment. Liebe ist doch grausam, wenn sie unerfüllt bleibt, und vermag es, einen Mann schier um den Verstand zu bringen. Wie komme ich zu ihr? Die hohe Mauer trennt uns und ich kann nicht bei ihr sein".

Seine Freunde beruhigten ihn und wiesen darauf hin, das die Prinzessin doch ganz offensichtlich seine Gefühle erwidere und es deshalb nur noch eine Frage der Zeit sei, bis seine Wünsche sich erfüllten.

"Du hast Dein Leben eingesetzt und die Feinde des Reiches vertrieben und es damit gerettet. Der König ist nun verpflichtet, Dich angemessen zu belohnen. Du musst alle anderen Ehrungen und Präsente ablehnen und klar zum Ausdruck bringen, was Du wirklich willst. Der König wird es Dir wohl kaum verwehren können".

Unterdessen sehnte sich auch Käo Kesra nach ihrem Helden und wünschte ihm nahe zu sein. Mit dem Namen auf seinen Lippen und die Wangen voller Tränen schlief sie schliesslich ein. Am nächsten Tag bat sie ihre Ammen, einige Jasminblüten für sie zu pflücken, welche in speziellen Töpfen auf dem Palastgelände gezüchtet wurden. Die Ammen überreichten die Blüten auf einer goldenen Schale und Käo Kesra bastelte daraus gekonnt eine Blumenkette. Die von ihr gefertigte Girlande wurde auf einem goldenen Tablett zu Sri Suwan gebracht. Auch die Ammen hatten für ihren jeweiligen Brahmanen eine Girlande aus verschiedenen Blumen geflochten. Da Sri Suda niemanden hatte, dem sie eine Girlande hätte schicken könnnen, wurde sie beauftragt, die Blumengebinde zu überbringen. Da die vier Freunde sich über diese Liebesgaben äusserst erfreut zeigten, wiederholte sich dieses Ritual fortan täglich.

Der Tag war gekommen, an dem der König die Soldaten und Offiziere seines Reiches auszeichnen wollte, die ihm auch in der Stunde der Not treu zur Seite gestanden hatten. In der Audienzhalle nahm er, umgeben von seinen Ministern, auf seinem Thron Platz. Sri Suwan und seine drei Freunde waren ebenfalls geladen worden. Zunächst bedachte der Herrscher seine loyalen Krieger, vom gemeinen Fusssoldaten bis zum ranghöchsten Offizier, mit Silber und wertvollen Tuchen. Dann war die Reihe an den vier Brahmanen, die dem Feind die schon sicher geglaubte Beute wieder entrissen hatten. Der König wandte sich mit der Frage an seine Berater, welche Präsente denn angesichts der grossen Verdienste angemessen wären. Mit dem gebotenen Respekt antworteten diese:

"Gemäss unseren alten überlieferten Sitten und Gebräuchen, belohnt der Monarch seine siegreichen Generäle mit reichlich Gold und den höchsten Insignien[18]. Darüber hinaus wird ihnen eine entferntere Provinz als Lehen übertragen. Da sich die vier Brahmanen besonders grosse Verdienste bei der Rettung des Vaterlandes erworben haben, wäre es nur recht und billig, wenn Eure Majestät ihnen dieses Privileg zuteil werden liesse".

Der König stimmte sofort zu und gerade die Minister beauftragen, ihm entsprechende Provinzen vorzuschlagen, als sich Sri Suwan erhob und nach einer tiefen Verbeugung vor dem Thron sprach:

"Ich bin mir der überaus grossen Ehre durchaus bewusst, das Eure Majestät in Eurer unendlichen Güte erwägen, mir und meinen Gefährten die Leitung einer Provinz zu übertragen. Aber ich bitte untertänigst um die Gnade, diese Gunstbezeugung ablehnen zu dürfen. Ich habe mich ohne zu zögern in den Dienst Eurer Majestät gestellt, weil ich Euch wie einen Vater verehre und ich wäre unendlich glücklich, auch fürderhin das Privileg Eurer Gegenwart geniessen zu dürfen".

Der König durchschaute auf der Stelle den geschickten Schachzug und realisierte umgehend, das der junge Mann sich in seine Tochter verliebt haben musste. Also überlegte er eine Weile und zögerte mit der Antwort. Gab er diesem Fremden mit unbekannter Herkunft und Abstammung seine Tochter zur Frau, liefe er durchaus Gefahr, an Prestige zu verlieren; weigerte er sich aber, verlöre er unter Umständen vier seiner tapfersten und besten Krieger. Er entschied sich zunächst einmal den weiteren Verlauf der Dinge abzuwarten und sprach:

---

[18] Im alten Siam waren dies neben dem Privileg, bestimmte Kleidungsstücke und Kopfbedeckungen tragen zu dürfen, vor allem die sogenannten Betelboxen. Darin wurden die damals sehr beliebten Betelrationen bewahrt. In einem Betelblatt eingewickelt waren eine Betelnuss, diverse Kräuter und Gewürze sowie gelöschter Kalk. Diese wurden wie die Coca-Blätter in Südamerika oder der europäische Kautabak gekaut und als Stimulanzen verwendet. Je nach Grösse und Verarbeitung (Kupfer, Zinn, Silber, Gold, Diamanten) wies die jeweilige Betelbox den Rang in der Nomenklatura des Hofes aus.

„Seid unbesorgt, ich werde euch alle vier als meine Söhne adoptieren und ihr dürft alle bei mir bleiben. Darüber hinaus werden Wir Euch alles geben, ausser Sonne, Mond und Sterne".

Ein weiterer Monat zog ins Land und Sri Suwan war seinem grossem Ziel und Herzenswunsch kein Stück näher gekommen. Voller Verzweiflung schrieb er in trübseliger Stimmung und klagendem Ton an Käo Kesra, da seine Sache wohl hoffnungslos verloren sei, sehe er keine andere Möglichkeit als den Freitod, um sich von seinem Leid zu erlösen. Die Prinzessin, war selbst mittlerweile ob des anhaltenden Schwebezustandes und der Entschlusslosigkeit ihres Vaters in depressive Stimmung gefallen. Da sie dem Brief Sri Suwan und die darin enthaltene Ankündigung glaubte, war der Schock für ihr angegriffenes Nervenkostüm zu gross. Sie brach zusammen und fiel in einen todesähnlichen Schlaf.

Die entsetzten Eltern rannten sofort herbei, aber auch den besten Ärzten am Hof gelang es nicht, die Prinzessin aus ihrem Koma zu befreien. Als sich allgemeine Ratlosigkeit und Verzweifelung breit machte, entsann sich einer der Höflinge der sakralen Zeremonie vor einiger Zeit; hatte der junge Brahmane diese nicht zelebriert, um künftiges Unheil von Käo Kesra abzuwenden? Sri Suwan wurde in den Palast befohlen und er verlor keine Minute, dem Ruf des Königs zu folgen. An der Bettstatt der Prinzessin angekommen, liess er sich in einer goldenen Schüssel parfümiertes Wasser bringen. Nachdem er durch anhaltende Gebete alle Götter des Universums angefleht hatte ihm beizustehen, sprenkelte er langsam das wohlriechende Wasser auf den Körper der Schlafenden. Allen Anwesenden erschien es wie ein Wunder, das Käo Kesra nach einigen Minuten sich zu regen begann und schliesslich die Augen aufschlug. Als sie Sri Suwan erblickte, färbten sich ihre Wangen wieder im zarten Rosa und ihre Gesamtkonstitution verbesserte sich beinahe minütlich. Der König und seine Gemahlin und der gesamte Hofstaat waren ausser sich vor Freude und priesen die wundersamen Heilkräfte des jungen Brahmanen.

Im Nachgang dieser Ereignisse war Sri Suwan das seltene Privileg gewährt worden, sich bis zur völligen Genesung der Prinzessin auch im inneren Palast aufzuhalten. So konnte er jederzeit zu ihr kommen

und gelegentlich sah man ihn noch zu später Stunde an ihrem Bett wachen. Es vergingen einige Monate bis Käo Kesra wieder völlig gesundet war und von da an hatte sich ihre Zuneigung in Liebe gewandelt und sie betrachteten sich als füreinander bestimmt und versprochen. Angesichts der grossen Verdienste und der offensichtlichen gegenseitigen Zuneigung blieb dem König keine andere Wahl, als die baldige Verlobung seiner Tochter mit Sri Suwan zu annoncieren. Alsbald wurde dann der Hochzeitstermin festgelegt und mit grossem Pomp wurde die Heirat im Palast gefeiert. Auch die Bevölkerung Romachakras bejubelte das junge Glück und man war mit der Wahl des designierten Thronfolgers überaus zufrieden. So kam es, das der König, den überlieferten Traditionen und den Geboten des zunehmenden Alters folgend, abdankte und die Herrschaft Romachakras in die Hände des jungen Paares legte.

~~~ Ende Kapitel 5 ~~~

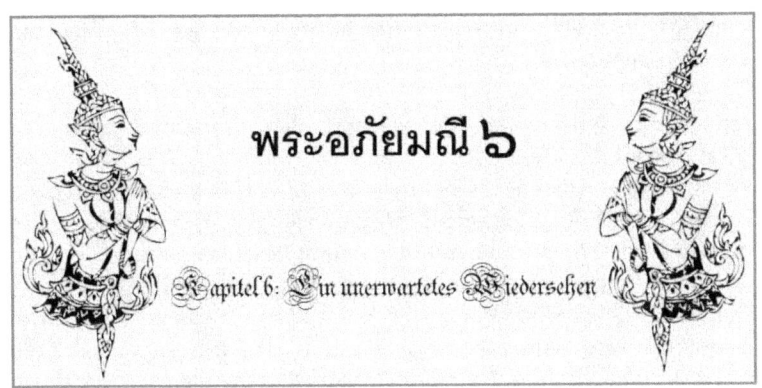

พระอภัยมณี ๖

Kapitel 6: Ein unerwartetes Wiedersehen

Sri Suwan herrschte nunmehr bereits zehn Jahre im Königreich Romachakra und war stolzer Vater einer mittlerweile achtjährigen Tochter namens Arun Rasmi. Eines nachts hatte er einen seltsamen Traum. Ein Waldbrand hatte die Stadt erreicht und griff schliesslich auch auf den Königspalast über. Da das Dach mittlerweile in Flammen stand, verliessen alle das Gebäude und der König stand höchstselbst in Flammen. Wie aus dem nichts entstieg sein lang vermisster Bruder Phra Aphai Mani den Flammen und übergab ihm ein besonders kostbares Juwel. Er bat die Hofastrologen, ihm den Traum zu deuten und erfuhr, das dem Reich Gefahr drohe, diese aber durch die Hilfe seines Bruders abgewendet werden könne.

Sri Suwan dachte sofort an seinen alten Widersacher Thao Usren, dem er vor einer Dekade eine demütigende Niederlage beigebracht hatte. In Erwartung eines Rachefeldzuges traf der König alle notwendigen Vorbereitungen für die Verteidigung des Landes. Er sandte seine alten Kampfgefährten als Späher in die entlegenen Provinzen des Reiches. Mora beobachtete den Osten, Wichien hielt im Norden Wache und Sanon kontrollierte den Westen. Alle drei begaben sich ohne Verzögerung in Begleitung ihrer Frauen, den vormaligen Ammen der jetzigen Königin, an der Spitze ihrer jeweiligen Armee auf ihre Posten. Der Angriff sollte allerdings auf eine Art und Weise und aus einer Richtung erfolgen, die niemand vorausgeahnt hatte.

Sin Samut hatte drei Monate mit dem von ihm eroberten Piratenschiff das Meer nach Spuren von Suwanmalis Vater sowie den Männern und Frauen, die bei dem Schiffbruch über Bord gegangen waren, ohne Erfolg abgesucht. Mittlerweile gingen seine Vorräte an Nahrung und Trinkwasser zu Neige und er beschloss, alsbald an Land zu gehen. Er befragte seinen Bootsmann Angura und dieser erzählte ihm, das wohlhabende Königreich Romachakra sei am schnellsten zu erreichen. Also wurde beschlossen, dort die dringend benötigten Vorräte zu beschaffen. Nachdem das Schiff in der gleichen Bucht wie einst Sri Suwan vor Anker gegangen war, wurden die Beiboote bemannt und Kurs auf die Küste genommen. Die in Alarmbereitschaft versetzte Küstenwache hielten die Landungsboote für ein Vorauskommando der bevorstehenden Invasion und feuerten einen Warnschuss vor den Bug, um diese zum Beidrehen zu zwingen. Der Anführer des Landungstrupps, ein alter Haudegen namens Hasken, befahl seinen Männern, umgehend das Feuer auf die Küstenwache zu eröffnen. Nach einem kurzen, aber heftigen Feuergefecht war die Küstenwache geschlagen.

Der ehemalige Kommandant der Küstenwache, der sich seinerzeit schützend vor Sri Suwan und die drei Freunde gestellt hatte, war mittlerweile zum Gouverneur der Küstenregion avanciert. Entspannt lauschte er dem Gesang seiner Konkubinen, als er den Lärm der Kampfhandlungen vernahm. Sofort sprang er in seine Uniform und beorderte seine Männer in die Boote, um den Feind möglichweise noch auf See abzufangen. Tatsächlich gelang es ihm, im Nahkampf zwei der Beiboote zu versenken. Der erfahrene Hasken erkannte, das er gegen den zahlenmässig nun überlegenen Gegner nicht siegen konnte und befahl den Rückzug auf das Mutterschiff. Im Rausch des Sieges liessen die Männer der Küstenwache alle Vorsicht fahren und verfolgten die restlichen Boote des Feindes. Als sie sich in Reichwerte der Bordkanonen befanden, eröffneten diese das Feuer und versenkten die Verfolger. Einige wenige Überlebende schafften es, sich schwimmend an Land in Sicherheit zu bringen.

Nun stand dem Landgang der Männer Sin Samuds nur noch ein altes Fort mit massiven Festungsmauern im Wege. Die Bordkanonen schossen eine Bresche in die Befestigungsanlagen und kurz darauf wurde das Fort gestürmt und eingenommen. Die Überlebenden wurden gefangen genommen. Seit der der Übernahme des Kommandos durch Sin Samut hatten die Piraten auf diesen Moment gelauert. Und sie überfielen das nächstgelegene Dorf, brandschatzten, plünderten, mordeten und vergingen sich an den Frauen. Mit reicher Beute und vielen Vorräten kehrten sie an Bord zurück.

Im Getümmel der Schlacht war es dem Gouverneur gelungen zu entkommen. Er nahm eines der Boote und segelte so schnell als möglich zur Hauptstadt. Dort angekommen berichtete er den Vorfall den Stadtoberen. Die Nachricht verbreitete sich in Windeseile und schliesslich war nur noch die Rede davon, das ein gewaltiges Invasionsheer Romachak bedrohe. Sri Suwan beriet sich mit seinen Ministern, die allesamt sehr beunruhigt waren. Auch der Gouverneur konnte ihm nicht sagen, ob es sich bei den Angreifern um Truppen Thao Usrens handelte. In jedem Falle entschied er sich, Gewalt mit Gewalt zu beantworten und befahl seinen Truppen, sich für die Schlacht zu rüsten. In aller Frühe ritt der König am nächsten Morgen an der Spitze seiner Armee in Richtung Küste. Etwa eine Meile vom alten Fort entfernt sah er die Eindringlinge auf der Ebene kampieren und befahl seinen Männern, sich zu verschanzen.

Sin Samut sah vom Wachturm des Forts aus die beachtliche Streitmacht Romachakras und die diszipliniert aufmarschierenden Abteilungen mit ihren flatternden roten und grünen Bannern beeindruckten ihn doch nachhaltig. Er beriet sich mit Angura, wie man der neuen Lage am besten begegne. Der erfahrene Pirat empfahl ihm zunächst die weitere Entwicklung hinter den dicken und schutzbietenden Mauern abzuwarten. Der Gegner sei nicht nur

numerisch weit überlegen, sondern mache auch den Eindruck, als stünde er unter dem Kommando eines erfahrenen und entschlossenen Befehlshabers. Aber Sin Samut stand nicht der Sinn nach taktischem Geplänkel. Er teilte seine Truppe in zwei Einheiten auf. Während er Angura befahl, mit der einen Hälfte das Fort zu halten, plante er mit der anderen Hälfte einen Frontalangriff auf den Gegner. Nicht dem Ruf des Kopfes sondern dem Bauchgefühl folgend bestieg er wild entschlossen einen der tags zuvor erbeuteten Hengste. Und unter wildem Schlachtgebrüll ritt er an der Spitze seiner Männer eine Attacke auf die Stellungen Romachakras. Deren Krieger waren angesichts dieses ebenso unerwarteten wie tollkühnen Angriffs wie gelähmt und so gelang es ihm, unbehelligt durch die Reihen zu brechen bis er vor Sri Suwan zu stehen kam.

Eigentlich wollte er den gegnerischen Kommandanten zu einem Duell Mann gegen Mann fordern, doch irgend etwas liess ihn zögern. Der Mann vor ihm erinnerte ihn an den seit langem vermissten Vater. Sri Suwan hatte sich von seinem ersten Schrecken erholt, gab seinem Pferd die Sporen und mit der flachen Klinge seines Schwertes hob er Sin Samut aus dem Sattel. Das war auch das Angriffssignal für seine Truppen, die keine grosse Mühe hatten, die kleine feindliche Streitmacht zu überwältigen und anschliessend das Fort zu umzingeln. Angura, ein standhafter und mutiger Mann lehnte es aber ab sich zu ergeben und es gelang ihm, das Fort bis zum Einbruch der Dunkelheit zu halten. Sri Suwan zog sich vorerst zurück und die Belagerten beratschlagten, was als nächstes zu tun sei. Schliesslich kam man überein, bis zum Morgen auf Sin Samut zu warten. Sollte er dann immer noch nicht eingetroffen sein, wollte man einen Ausbruch wagen und sich bis zum Schiff durchschlagen.

Unterdessen lag Sin Samut, den man für tot hielt, immer noch besinnungslos am Boden. Die Kühle des Morgens weckte seine Lebensgeister und vorsichtig die Augen öffnend, blickte er sich um. In ihm kochte es und er beschloss dem Gegner zu zeigen, das der Sohn eines Helden und eines Meeresungeheuers nicht so leicht zu besiegen war. Er sprang auf und rannte auf eine Gruppe Soldaten zu.

Einige von ihnen hieb er nieder, die restlichen rannten in panischer Angst davon. Dann rief er laut nach dem Kommandeur und forderte diesen zum Duell. Da es niemand wagte, sich ihm in den Weg zu stellen, erreichte er ungehindert das Fort. Hocherfreut den Totgeglaubten wiederzusehen, befahl Angura die Tore oeffnen. Sin Samut teilte ihm mit, das er bei vollem Tageslicht einen erneuten Angriff plane und befahl, die Männer entsprechend zu instruieren.

Der Morgen nahte und Sin Samut nahm ein Bad in parfümiertem Wasser und legte seine beste Kleidung an. Dann rief er die Götter an und bat diese, ihn unverletzbar zu machen. Als die Sonne aufging ritt er, zu allem bereit, an der Spitze seiner kleinen Truppe in Richtung der feindlichen Linien. Unterdessen waren die Soldaten Romachakras noch immer darüber konsterniert, wie es einem einzelnen Jüngling gelingen konnte, sie dermassen zu düpieren. Sri Suwan hingegen war die Ruhe selbst und sprach zu ihnen:

"Der Bursche, den ich glaubte bereits gestern getötet zu haben, besitzt die Frechheit, uns erneut herauszufordern. Ich werde dafür Sorge tragen, das er das nie wieder tut".

Er bestieg sein Pferd und stand bald von Angesicht zu Angesicht vor dem frechen Eindringling.

„Wer bist Du, Bursche? Was erlaubst Du Dir, meine Stadt anzugreifen? Du bist eigentlich zu jung für einen Piraten oder Räuber. Willst Du hier Dein junges Leben aushauchen?"

"Ich bin weder Pirat noch ein Räuber. Mein Name ist Sin Samut und ich bin der Sohn Phra Aphai Manis, ein Sohn des Königs von Ratana. Das Schicksal zwang mich zu einer langen Seereise. Eure Männer haben die meinen zuerst und ohne Grund angegriffen, also hatten wir das Recht, uns zu verteidigen. Jetzt ist es an Euch mir zu sagen wer Ihr seid. Seid ihr der Herrscher dieser Landes? Falls Ihr am Leben bleiben wollt, streckt die Waffen und wir werden Euch nicht weiter behelligen".

Sri Suwan stutzte und dachte eine Weile nach. Der Bursche behauptete, das der Name seines Vaters Phra Aphai Mani sei. Könnte dies der lang vermisste Bruder sein? Er betrachtete Sin Samut genauer und in der Tat, eine gewisse Ähnlichkeit war durchaus vorhanden. Aber das Haar des Burschen glich dem eines Dämonen und seine Augen waren rötlich gefärbt, was sehr ungewöhnlich war. Also fragte er weiter:

"*Wo ist Dein Vater? Ist er bei Dir? Du solltest lieber antworten anstatt zu streiten, denn dies würde Deinen sicheren Tod bedeuten. Ich bin der König Romachakras und ein erfahrener Kämpfer. Ich beabsichtige nicht, Deine jugendliche Blüte zu vernichten. Also, geh' und hole Deinen Vater und ich werde mit ihm die Angelegenheit regeln*".

"*Ihr seid also ein begnadeter Kämpfer? Dann lasst Doch Euren grossen Worten Taten folgen! Was hat mein Vater mit dieser Angelegenheit zu tun? Das ist nur eine Sache zwischen uns beiden. Also, lassen wir die Münder schweigen und die Waffen sprechen*".

Sin Samut gab seinem Pferd die Sporen und galoppierte mit gezogenem Schwert auf den König zu. Dieser parierte gekonnt den Streich des Jungen und wich schnell zur Seite aus. Der von seiner Kampfkunst überzeugte Sin Samut ritt dicht hinter ihm her. Plötzlich riss Sri Suwan unerwartet sein Pferd herun und verpasste dem Verfolger mit der Lanze einige kräftige Hiebe und Stösse. Aber der Junge blieb unbeeindruckt und es gelang ihm, dem König die Lanze zu entreissen und ihn seinerseits aus dem Sattel zu werfen. Daraufhin umzingelten einige Männer Sin Samuts den am Boden liegenden König, während der Rest die Truppen Romachakras angriffen. Diese waren angesichts der Niederlage und Gefangennahme ihres Königs derart entmutigt, das sie ihre Waffen fallen liessen und in alle Richtungen davon rannten. Die reiche Beute wurde sofort von den Piraten eingesammelt und Sin Samut führte seine siegreichen Gefährten in einem Triumphmarsch zurück in das Fort.

Nachdem man den Sieg gebührend gefeiert hatte, wurde der gefangene König vorgeführt. Dieser stand ruhig und gefasst vor dem Jungen, der ihn besiegt hatte. Dann bemerkte er den Ring am Finger Sin Samuts und erkannte ihn sofort: Es war der Ring seines Bruders! Von seinen Gefühlen übermannt, konnte er einige Tränen nicht unterdrücken. Sin Samut stichelte:

„Was, ein König der weint? Trauert ihr um Euren Palast, Euren Reichtum und Eure Königin? Warum habt Ihr die Forderung angenommen, wenn ihr Angst vor dem Tod habt"?

„Du kannst mich nicht beleidigen, Bursche! Ich habe keine Angst zu sterben. Ich bin ein Mann und ziehe den Tod des Kriegers, der seine Ehre und seinen Namen bis zum Schluss verteidigt hat, vor. Wenn Du willst, kannst Du mich jetzt und hier töten. Ich werde nicht um Gnade winseln. Aber etwas was ich sehe, treibt mir die Tränen in die Augen. Es ist der Ring an Deiner Hand. Ich weiss, er gehörte meinem Bruder, Phra Aphai Mani, von dem das Schicksal mich vor vielen Jahren getrennt hat. Du hast mich gefragt, wie ich heisse. Mein Name ist Sri Suwan".

Sin Samut wusste nicht mehr, wo ihm der Kopf stand. Er erinnerte sich dunkel daran, das ihm sein Vater einst erzählt hatte, er habe einen Onkel dieses Namens. Um aber nicht vor seinen Männern als leichtgläubiger Trottel dazustehen, fragte er seinen Gefangenen:

„Wenn Ihr wirklich der Bruder meines Vaters seid, dann könnt Ihr mir sicherlich verraten, aus welchem Land mein Vater stammt und welches besondere Talent ihn von allen anderen unterscheidet. Wenn Ihr diese Fragen zu meiner Zufriedenheit beantworten könnt, will ich Euch als meinem Onkel die Ehre erweisen".

„Mein Bruder stammt wie ich aus dem Königreich Ratana. Und er besitzt eine magische Flöte. Wenn er sie spielt, fallen alle Lebewesen in einen tiefen Schlaf".

Sin Samut war nun überzeugt, das der Mann der vor ihm stand, wirklich sein Onkel war. Er erhob sich, kniete vor ihm nieder und bat mit Tränen in der Stimme um Vergebung. Nachdem diese umgehend gewährt wurde, erzählte er dem Onkel seine Lebensgeschichte und die dramatischen Umstände ihrer Trennung. Schliesslich umarmte Sri Suwan den Neffen und sprach:

„Unvorstellbar, das wir einander aus Unwissenheit beinahe getötet hätten! Komm', wir werden die Feindseligkeiten jetzt sofort beenden. Wir gehen in die Stadt und dort wirst Du auch Deine Tante treffen. Ich werde Befehl geben, Deine Männer hier mit allem notwendigen zu versorgen. Nachdem wir uns einige Tage erholt haben, werden wir uns gemeinsam auf die Suche nach Phra Aphai Mani machen".

Sin Samut dachte nun an die Mutter, die ängstlich auf dem Schiff auf Neuigkeitem wartete. Sri Suwan schlug vor, den Neffen zu begleiten und die Gelegenheit zu nutzen, Suwanmali einzuladen, bis zur Abreise sein Gast zu sein. In Unkenntnis der neuesten Entwicklungen hatte sich in Romachakra mittlerweile Panik breit gemacht. Einige der geflüchteten Soldaten hatten die Stadt erreicht und berichteten von der Niederlage Sri Suwans. Die Nachricht von der Gefangennahme des Königs und anschliessenden Flucht der eigenen Truppen erreichte schliesslich auch den Palast. Da nun ein organisierter Widerstand nicht mehr möglich war, stand zu befürchten, das der Feind die Gunst der Stunde nutzen und die Stadt angreifen würde. Die Minister empfahlen Käo Kesra und ihrem Vater sich in Sicherheit zu bringen, so lange sie noch die Möglichkeit dazu hatten. Silarat war am Boden zerstört. Erstens gestattete es ihm sein hohes Alter nicht mehr, den Feind persönlich zu fordern. Und zweitens war sein Schwiegersohn der beste Kämpfer, den Romachakra je hatte. Nun war auch dieser besiegt worden, was blieb da noch an Hoffnung übrig? Da sie keine weiteren Nachrichten mehr über das genaue Schicksal ihres Gemahl erhielt, begann Käo Kesra das schlimmste zu befürchten und traf alle Vorbereitungen für einen Selbstmord, während Königinmutter Monta sich immer wieder in einem hysterischen Anfall voller Verzweiflung auf die Brust schlug.

Die Bürger der Stadt begannen sich in ihren Häusern zu verbarrikadieren und die Strassen waren wie leergefegt. Gegen abend kam die Nachricht, das die Boote der Eindringlinge den Fluss hinauf in Richtung Stadt unterwegs waren. Angesichts der drohenden Invasion suchten die Einwohner nach geeigneten Verstecken und versuchten, ihr Hab und Gut so gut es eben ging in Sicherheit zu bringen. Münzen wurden vergraben, Schmuckstücke in Wasserfässern versenkt und die jungen Frauen verbargen sich bestmöglich im Buschwerk. Alsbald wurden die Trommeln auf den herannahenden Booten auch in der Stadt hörbar und schon kurz darauf sprangen die ersten Ankömmlinge unter Freudengeschrei an Land. Silarat sah nur noch die Möglichkeit einer ehrenvollen Kapitulation und schickte einige seiner Minister vor die Stadt, um die Bedingungen auszuhandeln.

Als das Schiff Samuts anlegte, war der Jubel von den Begleitbooten bsonders gross. Mit grossem Respekt verbeugten sich die Minister vor dem jungen Krieger, der in Begleitung von Suwanmali und Sri Suwan an Land gegangen war. Erstaunt starrten die Noblen des Reiches auf die schöne Dame an der Seite des vermeintlichen Eroberers. Noch immer vor Angst schlotternd beruhigten sie sich ein wenig, als sie sahen, das ihr König unverletzt war und sogar ein Lächeln auf seinen Lippen hing. Für allgemeine Erleichterung sorgte dann die Erklärung Sri Suwans, das der junge Krieger der Sohn seines Bruders und somit sein Neffe und die schöne Dame dessen Mutter und damit seine Schwägerin sei. Gute Nachrichten verbreiten sich ebenso schnell wie schlechte und als die Gruppe schliesslich den Palast erreicht hatte, wurden sie bereits von Silarat, Käo Kesra und dem gesamten Hofstaat erwartet. Man begrüsste einander auf das Herzlichste und während des anschliessenden Festmahls tauschte man sich angeregt über die jeweiligen Lebenswege aus.

Sin Samut zog naturgemäss sehr viel Aufmerksamkeit auf sich. Bewundernde Blicke folgten ihm auf Schritt und Tritt und die Menschen bewegte die Frage, wie so viel Mut und Können in einem so jungen Mann stecken konnte. Einzig die Prinzessin Arun Rasmi zeigte sich wenig beeindruckt. Als man sie aufforderte, ihrem Cousin den gebührenden Respekt zu erweisen, spitzte sie die Lippen und zwitscherte:

"Also, Du bist mein Cousin, derjenige der meinen Vater so schmählich behandelt und uns alle zum Weinen gebracht hat! Du hast Dich gegenüber Vater sehr respektlos verhalten und solltest dafür die Prügelstrafe erhalten".

Und bevor sie jemand aufhalten konnte, lief sie sie zu Sin Samut und kniff diesen kräftig. Dieser rieb sich überrascht die schmerzende Wange und erklärte:

"Aua, hör' auf mich derart zu traktieren, liebste Cousine und ich werde Dir alles erklären. Ich wusste nicht, das er mein Onkel ist. Nun, da wir es wissen, lieben wir einander sehr und ich werde auch Dich liebhaben. Also verzeih' mir bitte und ich werde Dir einige der Puppen schenken, die sich an Bord meines Schiffes befinden".

Arun Rasmi gab sich mit dieser Erklärung zufrieden und fand sogar zunehmend Gefallen an dem neuen Verwandten. Die Anwesenden erheiterte der kleine Zwischenfall und alle bewunderten, wie geschickt sich Sin Samut mal wieder aus der Affäre gezogen hatte. Silarat betrachtete Suwanmali schon eine ganze Weile verwundert und fragte schliesslich:

"Wie alt bist Du, mein Kind? Du sieht immer noch wie ein junges Mädchen aus. Wie kommt es, das Du schon einen so grossen Sohn hast"?

Suwanmali erröte und wusste nicht recht, was sie antworten sollte. Keinesfalls wollte sie vor dem versammelten Hofstaat verkünden, das sie noch Jungfrau war. Andererseits wäre es unschicklich gewesen, den alten Ex-König zu belügen. Sie entschied, sich für ein paar Jahre älter auszugeben als sie in Wirklichkeit war und Silarat gab sich mit der Antwort zufrieden. Die gutgemeinte Einladung, sich nach der langen und gefahrenreichen Reise einige Monate in Romachakra zu erholen, lehnte Suwanmali aber höflich dankend ab. Ihr ganzes Sinnen und Trachten war darauf ausgerichtet, sich wieder schnellstmöglich auf die Suche nach Phra Aphai Mani zu begeben.

Und nach einigen glücklichen Tagen im Kreise der Familie brachen Sri Suwan, Suwanmali und Sin Samut auf und kamen nicht umhin, die insistierende Arun Rasmi mitzunehmen, die ihrem Cousin nicht mehr von der Seite weichen wollte. Käo Kesra aber blieb daheim, ihre Aufgabe war es, sich um die alten Eltern zu kümmern. Auch die drei Freunde des Königs nahmen bewegt Abschied und versprachen, während seiner Abwesenheit Stadt und Land schützen zu wollen. Noch lange standen alle am Strand und winkten dem Schiff nach, welches langsam aber unaufhaltsam hinter dem Horizont verschwand.

Phra Abhai Mani und seine schiffbrüchigen Gefährten waren noch immer auf der verlassenen und bergreichen Insel gefangen, an deren Strand die sie verfolgende Nang Phi Süa Samut an gebrochenem Herzen gestorben und anschliessend zu Stein erstarrt war. Es war ein täglicher Kampf ums Überleben, denn der karge Boden gab ausser ein paar wild wachsenden Kartoffeln, Wurzeln und Früchten nichts Essbares her. Umso erleichtert waren alle, als sie eines Tages am Horizont das Segel eines Schiffes entdeckten. Im Laufe des Tages erschien nach und nach eine ganze Flotte und sie freuten sich um so mehr, als diese Kurs auf ihre Insel nahm. Ganz offensichtlich gehörte die eindrucksvolle Armada einem sehr mächtigen Herrscher.

Wie das Schicksal es wollte, handelte es sich um die Flotte Prinz Usrens, dem Sohn des Königs von Lanka und Verlobten Suwanmalis, der seit dem Verschwinden der künftigen Braut und deren Vater eine Suchexpedition anführte. Man hatte die Insel aufgrund des weithin sichtbaren hohen Berges entdeckt und beschlossen, auch dort nach Spuren der beiden Vermissten zu suchen. Als sich das Flaggschiff der Insel auf Sichtweite genähert hatte, erkannte Usren nach einem Blick durch sein Fernrohr, das die Insel von Menschen bewohnt sein musste. Er befahl seiner Flotte vor Anker zu gehen und zog sich für den Landgang um.

Inzwischen hatten sich die Schiffbrüchigen in sehnsüchtiger Erwartung der von den Göttern geschickten Retter versammelt. Sie sahen, wie vom Flaggschiff langsam ein Beiboot zu Wasser gelassen und dann zügig in Richtung des Strandes gerudert wurde. Heraus sprang Prinz Usren in seiner eindrucksvollen schwarzen Uniform, die ihn sogleich als einen reichen und mächtigen Potentaten aus dem Westen auswies. Usren erkannte seinerseits sofort, das, ungeachtet des derangierten Zustandes Phra Aphai Manis, ein Mann von nobler Herkunft vor ihm stand. Also sprach der Prinz ihn in der Sprache des Westens an und da Phra Aphai Mani diese vom ehrwürdigen Meister auf der Wunderinsel gelernt hatte, konnten sie sich ohne Schwierigkeiten verständigen. Er erzählte ihm, welches Schicksal ihn, dem Sohm eines östlichen Potentaten und den, aus diversen Nationalitäten bunt zusammengewürfelten, Haufen auf dieses unwirkliche Eiland verschlagen hatte. Seinen Bericht schloss er mit der Schilderung, wie Suwanmali, ihr Vater und sein eigener Sohn während des Sturms verschwunden waren. Usren liess sich auf einen der zahlreichen Felsen fallen und schluchzte:

"Oh, meine Suwanmali! Das Schicksal scheint uns in diesem Leben keine Zweisamkeit zu gönnen. Aber ich kann ohne Dich nicht in meine Heimat zurückkehren. Wenn Du tot sein solltest, will ich Dir hier auf der Stelle folgen. Sagt, seid Ihr sicher, das sie tot ist? Habt Ihr mit eigenen Augen gesehen, wie sie in den Wellen versank? Gibt es denn keinerlei Hoffnung mehr"?

Phra Aphai Mani hatte nun realisiert, wer der Prinz war. Aus Gründen der Höflichkeit und Pietät, aber auch Sorge um die eigene Sicherheit, beschloss er, Usren seine eigenen Gefühle für Suwanmali vorerst zu verschweigen.

"Ich kann es nicht mit Sicherheit sagen. Ich befand mich im Heck des Schiffes als der Sturm losbrach, während sich Suwanmali mittschiffs

aufhielt. Wegen der schlechten Sicht und dem allgemeinen Chaos an Bord konnte ich nicht genau sehen, was mit ihr passierte, nachdem sie über Bord gegangen war. Warum lasst ihr nicht einen Brahmanen für Euch in den Sternen nach Antworten suchen"?

"Das ist ein weiser Rat. An Bord meines Schiffes befindet sich einer der besten Brahmanen und Astrologen unseres Landes. Ich werde ihn sogleich holen lassen".

Aus der Antwort des Brahmanen schöpften alle Anwesenden neuen Mut:

"Die Prinzessin ist in Sicherheit, mein Prinz. Sie befindet sich in nordöstlicher Richtung von hier und wird von einem starken Beschützer gut behütet. Wendet Euch in diese Richtung und ihr werdet sie sicher bald finden".

"Ich danke Dir Brahmane und nun höre dies: Hast Du Dich geirrt, zahlst Du dafür mit Deinem Kopf. Hast Du Recht, bist Du bald ein sehr reicher Mann. Phra Aphai Mani, wollt Ihr und Eure Männer uns auf der Suche nach Suwanmali begleiten"?

Da alle froh waren, endlich der ungastlichen Insel den Rücken kehren zu können, erhob niemand Einspruch und kurz darauf lichtete die Flotte den Ankel und setzte die Segel mit Kurs Nord-Ost. Usren hatte mittlerweile eine so hohe Meinung von seinem royalem Gast, das er ihm die beste Kabine an Bord zuwies, welche ausgesprochen geschmackvoll und aufwendig möbliert war. Als die Nacht hereinbrach, öffnete Phra Aphai Mani eines der grossen Fenster und blickte verträumt auf die See, die friedlich unter den funkelnden Sternen und dem silberhellen Licht des Halbmondes lag. Er genoss, wie sich die Kühle der Nacht auf sein Gesicht legte und das Kabinenlicht das Wasser unter ihm erstrahlen liess, als tanzten tausend kleine Diamanten auf den seichten Wellen. Schliesslich rief ihn die Schiffsglocke, welche den Wachwechsel der Rudergänger ankündigte, aus seinen Träumen und seine Gedanken begannen sich wieder um Suwanmali und seinen Sohn zu drehen. Würde er sie jemals wieder sehen? Und falls ja, wie könnte er die Angebetete von Usren, der ihn immerhin aus seiner Notlage gerettet hatte, für sich gewinnen? Aber liebte sie nicht ihn? Hatte sie ihm nicht ihren Schal geschenkt, den er immer noch um seinen Hals trug und immer noch den verführerischen Duft ihres Parfüms versprühte?

Ganz in der Nähe lag die Kabine Usrens und auch der Prinz starrte gedankenverloren in den Nachthimmel, während er an Suwanmali dachte. Seine Flotte hatte bislang jede Insel und jedes Atoll auf ihrer bisherigen Route genauestens unter die Lupe genommen. Und er selbst stand schon bei erstem Tageslicht an Deck und schaute mit seinem Fernrohr unaufhörlich in alle Himmelsrichtungen. Suwanmali befand sich unterdessen in Sicherheit auf dem Schiff Sin Samuts, der seinerseits gemeinsam mit dem Onkel auf der Suche nach Phra Aphai Mani war. Sri Suwan machte sich grosse Sorgen um seinen Bruder und hielt wachsam Ausschau nach allen Seiten. Sin Samut und Arun Rasmi hingegen tollten ausgelassen an Bord. Ihre jugendliche Unbefangenheit liess ihnen keinen Zweifel an einem erfolgreichen Ausgang der Suche. Fraglos würden sie schon bald den Vater und Bruder in ihre Arme schliessen können. Sie verbrachten auch viel Zeit mit Suwanmali, die es sich nehmen liess, ihnen die verschiedenen Sterne und deren Konstellationen zu erklären.

Eines Tages begegneten sich schliesslich beide Schiffe auf hoher See. Sri Suwan hatte die Flotte Usrens als erster gesichtet und gab Order direkt darauf zuzulaufen. Er war neugierig, welche Armada da ihren Weg kreuzte. Auch Usren hatte inzwischen das ehemalige Kaperschiff entdeckt und fragte sich ebenfalls, wer ihm da entgegen kam. Er liess ein Beiboot zu Wasser und schickte eine Abteilung seiner Männer um herauszufinden, wer da die Frechheit besass, sich seiner Flotte in den Weg zu stellen. Sin Samut empfing die Delegation persönlich. Als er jedoch hörte, das ihr Herr die See nach einer Prinzessin namens Suwanmali, die dessen Verlobte sei, absuche, verlor der impulsive junge Mann komplett die Beherrschung.

"Was! Ihr Strolche aus Lanka! Euer Ansinnen ist ebenso unverschämt, wie Eure Bemühungen sinnlos sind. Der König von Phalük höchstselbst hat sie meinem Vater versprochen. Sie ist hier bei mir auf diesem Schiff. Geht und richtet Eurem Herrn aus, das er sie niemals bekommen wird. Wenn ihm sein Leben lieb ist, soll er sofort nach Lanka zurückkehren und sich dort ein anderes Weib suchen. Sagt ihm, ich, Sin Samut, habe gesprochen"!

Nachdem die Delegation wieder von Bord gegangen war, rannte Sin Samut mit kindlichem Übermut zu seiner Adoptivmutter und berichtete ihr, was vorgefallen und gesprochen worden war. Suwanmali war gleichermassen erschrocken wie beschämt. Mit hochrotem Kopf wies sie den Jungen zurecht, der sie als seinem Vater versprochen ausgegeben hatte. Und auch die prahlerische Herausforderung zum Kampf rügte sie, denn sie kannte das Temperament des Prinzen und fürchtete ein bevorstehendes Gemetzel.

"Er ist gekommen, um Dich nach Lanka mitzunehmen und dort zu ehelichen. Das hat mich sehr geärgert und deshalb habe ihm unverblümt mitteilen lassen, was ich davon halte. Nun gut, wenn Du darauf bestehst, werde ich ihm sagen, das Du meinem Vater nicht versprochen bist. Aber den Kampf fürchte ich nicht. Lass' ihn nur kommen und ich haue ihn in Stücke".

"Was bist Du doch nur für ein eifersüchtiges Früchtchen. Wer oder was in aller Welt gibt Dir die Gewissheit, das ich Deinen Vater heiraten möchte? Ich habe Dich zwar als Sohn adoptiert, was aber nicht bedeutet, das ich deshalb den Prinzen nicht heiraten könnte".

Aber Sin Samut lächelte nur und dachte sich seinen Teil. Inzwischen war die Delegation Usrens auf dessen Schiff zurückgekehrt und erstattete atemlos Bericht:

"Königliche Hoheit, der Kapitän des Schiffes ist zwar an Jahren noch ein Kind, aber hat das Temperament eines Teufels. Er sagte uns sein

Name sei Sin Samut und er sei der Sohn der Prinzessin Suwanmali, die sich auf seinem Schiff befände. Er behauptet, der König von Phalük habe seinem Vater die Prinzessin zur Frau gegeben".

Usren war es als würde ihm der Boden unter den Füssen weggezogen. Er bebte vor Zorn und Schweissbäche liefen über sein Gesicht.

"Verdammter Lügner!" schrie er, *"der kleine Hund wird mir nicht entkommen. Habt ihr den Vater an Bord gesehen? Egal, wer es auch immer sei, ich werde ihn fangen und bei lebendigem Leib die Haut abziehen und danach Salz auf seine Wunden streuen".*

Usren schickte nach Phra Aphai Mani um sich bei ihm Rat zu holen. Nachdem Usren ihm alles erzählt hatte, wusste er, das sein Sohn der Kapitän des Schiffes dort drüben war. Allerdings hielt er es für klüger, dieses Wissen zunächst für sich zu behalten. Der Prinz wollte sofort in den Kampf ziehen. Aphai sagte ihm, er könne das Schiff in seine Gewalt bringen, ohne auch nur einen Schuss abzufeuern. Die Neugierde des Prinzen war geweckt und er gab seine Zustimmung. Das Spiel der magischen Flöte liessem ihn und seine ganze Mannschaft jedoch kurz darauf in tiefen Schlaf versinken. Die Begleiter Aphais hatten sich unterdessen die Ohren zugehalten und waren deshalb noch auf den Beinen. Auch auf dem Piratenschiff lag die komplette Besatzung in Morpheus Armen, lediglich Sin Samut, Suwanmali and Sri Suwan, denen die Weisen bereits vertraut waren, blieben bei Bewusstsein. Die drei waren vor Freude überwältigt, denn der Flötenspieler konnte niemand anderes als der lang vermisste Vater und Bruder sein.

Trotz der Warnungen des Onkels wollte Sin Samut sofort zu seinem Vater. Mit einem eleganten Sprung hechtete er über die Reling. Als Sohn des Meeresungeheuers war das Wasser sein natürliches Element und im Nu hatte er das Schiff aus Lanka erreicht. Er stieg über viele schlafende Matrosen bis er, immer dem Klang der Flöte folgend, den Vater erblickte. Er rannte auf ihn zu, verbeugte sich und umarmte ihn. Als Phra Aphai Mani seinen Sohn sah, war es ihm, als sei er neu geboren worden. Und auch seine hartgesottenen Gefährten konnten angesichts der bewegenden Wiedervereinigung von Vater und Sohn ihre Tränen der Rührung kaum verbergen.

Währen die beiden noch dabei waren, einander die Ereignisse ihrer unterschiedlichen Lebenswege zu erzählen, erwachte der Prinz aus dem magischen Schlaf. Aphai teilte ihm mit, das der Junge sein Sohn sei und deshalb die Kampfhandlungen beendet wären. Dann bot er ihm an, sie auf Sin Samuts Schiff zu begleiten, wo er Suwanmali treffen könne. Dort angekommen waren alle glücklich, die beiden Brüder sowie Vater und Sohn, welche das Schicksal lange Jahre auseinandergerissen hatte, endlich wiedervereint zu sehen. Nur Suwanmali war nirgends zu sehen. Angesichts der beiden Bewerber um ihre Gunst hatte sie sich in ihre Kabine geflüchtet.

Usren wurde ungeduldig, den er wollte seine Verlobte umgehend sehen und wandte sich an Sri Suwan:

"Bitte sagt mir, wo liegt ihre Kabine? Ich möchte sie sofort sehen und ihr sagen, das meine Schiffe bereitliegen sie in ihre neue Heimat nach Lanka zu bringen".

Sin Samut, wie so häufig unfähig sein jugendliches Temperament zu zügeln, schrie den Prinzen an:

"Ich werde niemanden gestatten, mir meine Mutter wegzunehmen"!

Phra Abhai Mani war bemüht, den Hitzkopf zu beruhigen:

"Mein lieber Junge, reg' Dich nicht so auf. Prinz Usren ist ein guter Freund. Er hat Deinen Vater aus einer misslichen Lage gerettet. Ohne ihn, stünden wir jetzt und hier nicht beieinander. Geh' und hole Deine Mutter, sie wird entscheiden, was das Beste ist".

Sin Samut war sprachlos und mit Tränen in den Augen rannte er zur Kabine der Prinzessin. Suwanmali nahm ihn in die Arme und fragte vorsichtig:

"Hat der Mann, der mit Deinem Vater gekommen ist, irgend etwas gesagt"?

"Er ist die Ursache allen Übels. Sag' mir die Wahrheit, liebst Du diesen Mann wirklich, den Prinzen von Lanka? Er sagt, er wolle die mitnehmen und heiraten. Willst Du mich wirklich verlassen"?

"Willst Du, das Deine Mutter geht? Also fürchtest Du Dich vor ihm, mein kleiner Schreihals? Was hat Dein Vater den gesagt"?

"Ich fürchte keinen Mann auf dieser Welt. Und mir gefällt nicht, das Vater diesen Kerl wie einen Freund behandelt und bereit ist, Dich ihm zu überlassen. Vater überlässt Dir die Entscheidung, wie es weitergehen soll. Mutter, Du must standhaft bleiben und Dich weigern, nach Lanka zu gehen. Ich werde Dich nicht gehen lassen und gegen jeden kämpfen, der versucht, Dich mir wegzunehmen".

Suvarnamali wurde das Herz schwer, ihr langes geduldiges Warten und all die Widrigkeiten die sie ertragen hatte, schienen nun vergeblich gewesen zu sein. Phra Aphai Mani hatte sie einst sein Eigen genannt und war nun bereit, sie für einen flüchtigen Bekannten aufzugeben. Voller Scham, das sie sich so leicht hatte hinters Licht führen lassen, entschied sie, das nur noch der Tod sie von den Qualen ihrer verwundeten Seele erlösen könne.

"Das Schicksal ist grausam zu mir, mein Kind", schluchzte sie, *"ich werde hier zum Gespött der Leute gemacht und beschuldigt vorzugeben, was ich nicht bin oder will. Wie grausam und launenhaft ist doch Dein Vater. Ich bedaure nun zutiefst, das ich meine Gedanken an ihn verschwendet habe".*

Dann zog Suwanmali zog den Ring Phra Abhai Manis vom Finger und gab ihn Sin Samut.

"Gib diesen Ring an den zurück, von dem Du ihn erhalten hast und sage demjenigen, ich habe keinerlei Verwendung mehr dafür".

Dann ergriff sie einen Dolch, der auf ihrem Nachttisch lag und zog ihn mit der Absicht aus der Scheide, sich ihn ins Herz zu stossen. Blitzschnell sprang Sin Samut dazwischen, riss ihr den Dolch aus der Hand und warf ihn durch das Fenster hinaus ins Meer.

"Das darfst Du nicht tun, Mutter. Selbst wenn Du über Vater sehr verärgert und enttäuscht bist und ihm nicht vergeben magst, hast Du doch immer noch mich".

"Ich weiss, das Du Deine Mutter über alles liebst und ich werde das niemals vergessen. Aber für mich gibt es keine Hoffnung mehr, das Leben erscheint mir von nun an sinnlos. Ich bin erfüllt von Scham und wage nicht mehr, mich den Blicken anderer Menschen auszusetzen. Es gibt nichts was eine Frau mehr erniedrigt, als wenn sie zwei Männern gehören soll. Wie soll ich jemals den Umstand rechtfertigen, das ich Phra Aphai Mani als künftigen Gemahl akzeptiert habe"?

Sin Samut versuchte sie zu beruhigen und steckte den Ring mit dem Versprechen, alles wieder ins Lot zu bringen, zurück auf ihren Finger. Dann ging er zu Arun Rasmi und bat diese, einstweilen in der Kabine der Mutter auf diese aufzupassen. Sin Samut kam an Deck, wo ihn Usren schon ungeduldig erwartete und sprach im barschen Ton:

"Meine Mutter wünscht Euch nicht zu sehen. Und sie hat gesagt, sie kenne Euch überhaupt nicht".

"Du meinst wohl, Du hast ihr verboten, hierher zu kommen. Wage es nicht, mich an der Nase herumzuführen, ich dulde keine weiteren Ausflüchte mehr. Dein Vater weiss ganz genau, das Suwanmali mir gehört, da mir ihre Eltern ihre Hand versprochen haben. Deshalb habe

ich unentwegt das Meer nach ihr abgesucht. Ich habe Deinen Vater zu Dir gebracht, jetzt bringst Du mir meine künftige Frau hierher".

"Habe ich Euch etwa gebeten, mir meinen Vater zu bringen? Ich hätte ihn auch ohne Eure Hilfe gefunden. Also, macht Euch auf den Heimweg, es gibt in Lanka sicherlich viele schöne Frauen die gewillt sind, Euch zu ehelichen. Macht Euch keinerlei Hoffnung auf meine Mutter. Ich bin noch jung und auch kein Riese an Gestalt, aber ich werde dafür sorgen, das sie bei mir bleibt. Nehmt Eure Männer und macht Euch sofort auf den Heimweg"!

"Du weisst nicht was Du da redest, Bürschchen! Dein Vater und ich haben bereits stillschweigend ein Einvernehmen erzielt. Also plustere Dich nicht so auf und schliesse Dein freches Maul. Und ihr, Phra Abhai Mani, was sagt ihr den nun dazu"?

Phra Aphai Mani befand sich zwischen Baum und Borke. Auf der einen Seite konnte er seinen Sohn nicht enttäuschen, andererseits war er dem Prinzen wegen der Rettung von der Insel zu Dank verpflichtet. Er überlegte eine Weile, bevor er antwortete.

"Wenn Du die Prinzessin mitnehmen möchtest, kann und will ich persönlich keine Einwände dagegen erheben. Aber der Junge liebt sie zu sehr und er wird sie niemals gehen lassen. Dazu kommt, das die Prinzessin offensichtlich nicht mit Euch zu gehen wünscht, wäre es da anständig, sie gegen ihren Willen zu zwingen"?

Usrens Geduld war nun endgültig erschöpft:

"Ich hielt Euch bislang für einen Mann von Ehre und des Friedens. Aber da ihr mich offensichtlich nicht verstehen wollt, habe ich mich wohl geirrt. Nun denn, ich bin auch ein Krieger und eine grosse Streitmacht steht unter meinem Kommando. Ihr wünscht den Kampf, dann seid mein Gast. Von nun an sind wir Feinde".

Auf sein Flaggschiff zurückgekehrt rief er umgehend seine Kommandeure zu sich und schilderte ihnen die letzten Ereignisse. Er gab Befehl, die Besatzungen aller Schiffe in Kampfbereitschaft zu versetzen. Man werde das Boot des Feindes einkreisen, den Ring immer enger ziehen und schliesslich entern. Die Männer seien gefangen zu nehmen und in Ketten zu legen, aber der Prinzessin dürfe kein Haar gekrümmt werden. Die Kommandeure führten den Befehl ungehend aus und kurz darauf sahen sich Phra Aphai Mani und Sri Suwan von gegenerischen Booten umzingelt. Sie wandten sich an Sin Samut, welche Lösung ihm in dieser Situation einfiele. Dieser schien nicht im Geringsten besorgt und strahlte eine grosse Ruhe aus. Er rief Angura zu sich und dieser schickte befehlsgemäss jeden Mann auf seinen vorgesehenen Posten.

Phra Aphai Mani informierte seinen Sohn, das aufgrund seiner Verpflichtung Usrens gegenüber er nicht aktiv am Kampf teilnehmen könne und deshalb lediglich als neutraler Beobachter fungieren wolle. Als Sin Samut dies Suwanmali mitteilte, war ihr Ärger gross, denn sie konnte nicht verstehen, das ein Vater seinen Sohn im Kampf alleine liess. Sie bestand aber darauf, als Mann verkleidet, ihm in der bevorstehenden Schlacht hilfreich zur Seite zu stehen. Als beide gemeinsam an Deck kamen, bemerkte niemand die Scharade.

Usrens Flaggschigg ging zum Angriff über. Aus kurzer Distanz feuerte er eine komplette Breitseite und Angura antwortete auf die gleich Weise. Durch geschickte Wendemanöver gelang es Sin Samut immer wieder, den Salven des Feindes auszuweichen. Gleichzeitig waren seine eigenen Kanoniere zielsicher und nach und nach versank ein Feindesschiff nach dem anderen. Dann liess Angura beidrehen und das Flaggschiff des Prinzen wurde geentert. Dessen Manschaft hatte sich auf ein längeres Feuergefecht eingestellt und waren durch den plötzlichen Kampf Mann gegen Mann völlig überrascht. Sin Samut war allen voran an Bord gesprungen und Usren persönlich entwaffnet und gefangen genommen. Der Prinz wurde gefesselt auf das Piratenschiff gebracht und als seine überlebenden Männer ihren

Anführer so sahen, ergaben sie sich ohne weitere Gegenwehr in ihr Schicksal.

Nachdem Vater und Onkel beharrlich auf ihn eingeredet hatten und auch Suwanmali deren Meinung teilte, liess Sin Samut den Prinzen frei. Er gab ihm allerdings deutlich zu verstehen, das er im Falle weiterer Feindseligkeiten nicht noch einmal Gnade vor Recht ergehen lassen werde. Aber Usren hatte seine Lektion noch immer nicht gelernt. Rasend vor Wut war er an Bord seines Schiffes angekommen und schmiedete sofort wirre Rachepläne. Seine Phantasien befeuerte er noch zusätzlich dadurch, das er drei grosse Krüge Rum leerte. Nachdem er sich genügend Mut angetrunken hatte, kündigte er an Sin Samut zu vernichten und befahl seiner verbliebenen Mannschaft, sich für eine weitere Schlacht zu rüsten.

In der Dunkelheit der Nacht gelang es ihm, sich bis an das Schiff Sin Samuts heranzuschleichen, welches ahnungslos seinem neuen Kurs folgte. Als sie nahe genug waren, warfen Usrens Männer zunächst ölgetränkte Lumpen und anschliessend Brandfackeln auf das Boot des verhassten Gegners. Kurz darauf began das Feuer, sich an Bord auszubreiten. Zu seinem Leidwesen musste der Prinz aber schon bald mit ansehen, wie Sin Samut sowie Onkel und Vater geistesgegenwärtig alle Mann an Deck riefen. Gemeinsam gelang es, die Flammen kurz daruf zu löschen, ohne das ein grösserer Schaden entstanden wäre. Angura hatte inzwischen einige Scharfschützen antreten lassen, die eine Salve auf den Feind abfeuerten. Eine der Kugeln traf Usren, der blutüberströmt aufs Deck fiel. Sein Kommandeur befahl den sofortigen Rückzug und als der Morgen graute, war das Schiff Usrens bereits nicht mehr zu sehen. Vor Wut rasend schwor der erneut geschlagene und gedemütigte Usren blutige Rache und befahl, Kurs auf Phalük zu nehmen ...

~~~ Ende Kapitel 6 ~~~

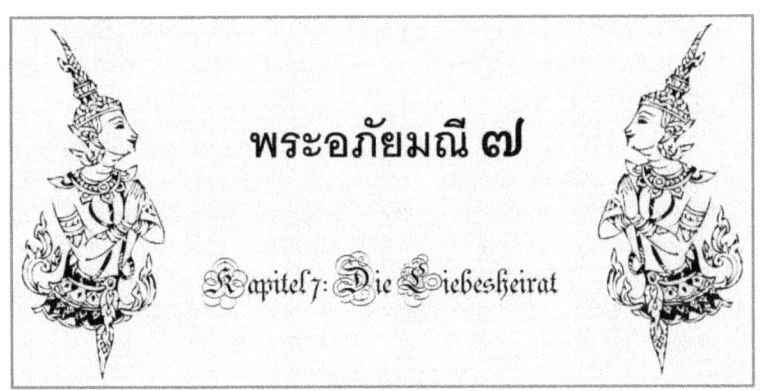

พระอภัยมณี ๗

Kapitel 7: Die Liebesheirat

Nach dem Sieg über Usren war es der Wunsch von Phra Aphai Mani und Sri Suwan, die inzwischen alt gewordenen Eltern zu besuchen, welche se seit Jahren nicht mehr gesehen hatten. Aber Sin Samut und Suwanmali baten die beiden inständig, zunächst nach Phalük zu segeln. Es bestand die Gefahr, das der tollwütige Usren, sofern er überlebt hatte, in seiner Rachsucht die ahnungs- und wehrlose Stadt heimsuchen würde. Vater und Onkel willigten nach kurzer Beratung ein, wenngleich Phra Aphai Mani sich des Gedankens nicht erwehren konnte, das Suwanmali etwas gegen oder mit ihm im Schilde führte.

So nahm man Kurs auf Phalük und setzte, wann immer möglich alle Segel, um möglichst noch vor Usren anzukommen und Schlimmeres zu verhindern. Suwanmali fühlte sich so glücklich wie lange nicht und sie beauftragte Sin Samut dafür zu sorgen, das Aphai sie vorerst nicht mehr behellige. Dann rief sie eine der jungen Kammerfrauen, die sie seit ihrer Abreise aus Romachakra begleitet hatte und bat diese, ihr etwas vorzuspielen. Die liebliche Melodie drang bis in die Kabine Phra Aphai Manis vor, wo er, unruhig hin und her laufend, mit seinem Bruder Pläne schmiedete und verschiedenen Szenarien durchspielte. Das wiederum liess ihn an Suwanmali denken und das Herz wurde ihm schwer. Obwohl sie sich nun in seiner unmittelbaren Nähe befand, fiel ihm nichts ein, wie er sich ihr nähern, geschweige denn ihre Liebe zurückgewinnen könne. Gerne hätte er den Bruder um Rat gebeten, aber das war ihm zu peinlich. Also wälzte er allein pausenlos schwere Gedanken, warf sich aufs Bett und schlug die Hände über dem Kopf zusammen.

Sri Suwan wusste sofort, was den Bruder bedrückte und konnte sich ein Lächeln kaum verkneifen. Er hätte ihm gerne einen Rat gegeben, fürchtete aber, Aphai dadurch in seinem männlichen Stolz zu verletzen. So liess er den Bruder mit seinen Gedanken allein und trat an Deck. Nach einiger Zeit war auch dem Bruder die Kabine zu eng geworden und in der Hoffnung auf Suwanmali zu treffen, ging er auf dem Schiff hin und her. Aber auch das brachte ihm nicht die gewünschte Ablenkung und er kehrte in seine Kabine zurück. Er warf sich erneut aufs Bett und seufzte in sein Kissen:

"Oh Suwanmali, warum fühlst Du nicht wie sehr ich Dich verehre und begehre? Warum gehst Du mir aus dem Weg und verfluchst mich? Hast Du aufgehört mich zu lieben, das Du Dich so gebärdest? Wenn Du mich verlässt und nichts mehr für mich empfindest, welchen Sinn hätte das Leben dann noch für mich"?

Tags darauf schrieb er einen Brief und versiegelte diesen. Als sein Sohn ihn aufsuchte, gab er ihm den Brief mit der Anweisung, ihn Suwanmali unverzüglich und diskret zu überbringen. Der tat wie ihm aufgetragen und die Prinzessin gab zunächst vor, dass sie dieses Verhalten sehr unverschämt fände und sie an Liebesbriefen keinerlei Interesse habe. Sin Samut spielte den naiven Knaben und mit unschuldigem Blick bat er darum, dass sie ihm doch den Brief vorlesen könne. Suwanmali lächelte über den geschickten Schachzug ihrers Unschuldsengels, brach das Siegel und begann zu lesen. Der Brief war in Form eines Gedichtes verfasst und erklärte, das der Verfasser nach dem Schiffbruch alles versucht hatte, die Frau die er liebte, zu finden und zu keiner Sekunde aufgehört habe, an sie zu denken. Auch wenn er sterben sollte, ohne sie bis dahin noch einmal gesehen zu haben, riefe er alle Götter an, das Schicksal möge ihn im kommenden Leben wieder mit seiner einzigen Liebe zusammenbringen. Ob sie denn keinerlei Mitleid mit seiner geschundenen Seele habe? Oder hatte sie ihn vergessen und liefe deshalb vor ihm davon, weil sie nichts mehr mit ihm zu tun haben wolle, obwohl er sich keiner Schuld bewusst sei? Warum wolle sie nicht die Wahrheit herausfinden, anstatt sich weiter zu ereifern? Falls er unwissentlich ihre Gefühle verletzt habe, so sei ihm dies nicht bewusst, aber er bitte in diesem Falle dennoch um Vergebung. Nichts läge ihm ferner, als sie zu hintergehen. Wann immer sie verärgert sei, werde sein Herz schwer und er litt mehr wie sie. Er schmachte Tag und Nacht nach ihrer Liebe. Er wünsche, er könne sie sehen, aber er fürchte ihren Zorn. Hatte er einen Fehler begangen, so möge sie ihm sagen welchen und aus ihrem Herzen keine Mördergrube machen. Damit endete der letzte Vers.

"*Wie absurd ist das denn, derartigen Unsinn zu verfassen. Du musst mir solche Dinge nicht mehr bringen. Ich mache mir nichts aus Gedichten*".

Sin Samut las den Brief noch einmal selbst.

"*Was soll den Schlimmes hier stehen, ich kann nichts finden, das Deinen Ärger rechtfertigen könnte. Er ist höflich und in gutem Stil verfasst. An Deiner Stelle würde ich ihm in gleicher Weise antworten, Mutter*".

"*Ich habe weder Lust noch einen triftigen Grund dazu. Hör' auf mich zu nerven oder ich muss Dich mal übers Knie legen*".

"*Aber Du hast den Brief geöffnet und gelesen, Mutter. Es wäre unanständig, ihn nicht zu beantworten*".

"*Na gut, ich werde ihn beantworten. Aber einzig und allein aus dem Grund, dass man mir keine schlechten Manieren nachsagen soll*".

Sie verfasste auf der Stelle ebnfalls einen Brief in Versform und Sin Samut rannte sofort los, ihn dem Vater zu geben. Hocherfreut und voll Erwartung begann dieser zu lesen. In zierlichen Lettern erbot die

Verfasserin zunächst ihren Respekt und dankte ihm für seine Freundlichkeit. Sie werde dehalb nie aufhören ihm dafür dankbar zu sein und sei bereit, ihm bis ans Ende aller Tage zu dienen. Sollte sie etwas getan haben, was seinen Unmut erregt habe, so stünde es ihm frei, sie dafür zu strafen. Aber sie bitte ihn, in ihr nicht die Frau zu sehen, sondern sie wie seine Tochter zu behandeln. Sie habe sich entschlossen, in diesem Leben keinen Mann mehr als Gemahl zu akzeptieren. Was in der Vergangenheit geschehen war, möge vergessen sein. Wie insistent er sich auch immer geriere, sie würde unter keinen Umständen seinen romantischen Wünschen entsprechen. Der Bried endete mit den Zeilen:

"Ich habe einen Schwur geleistet, in diesem Leben keinen Gemahl zu haben. Ich wünsche lediglich allein und in Frieden mit meinem Sohn zu leben. Das ist die volle Wahrheit, die ich hiermit mit reinem Herzen zu Papier gebracht habe".

Phra Aphai Mani war beeindruckt und verwirrt zugleich und legte sich grübelnd aufs Bett, um den Brief noch einmal zu lesen. Sie will also meine Tochter sein, dachte er, was soll ich ihr antworten, ohne sie gleich wieder zu verärgern? Schliesslich schrieb er eine weitere Botschaft, gab ihn dem Sohn und sagte ihm, er solle am Abend wieder zu ihm kommen. Der fleissige Liebesbote überbrachte die Nachricht umgehend. Diese Nachricht war kürzer und kam direkt auf den Punkt:

„Oh, meine Angebetete, wie kannst Du an mir zweifeln. Obwohl ich Dich um Vergebung bat, verweigerst Du mir diese. Deshalb muss ich Dich um ein persönliches Treffen bitten, um Dir alles zu erklären. Wenn Du danach immer noch nicht überzeugt bist, werde ich Deine Bedingungen akzeptieren und tun, was immer Du befiehlst".

Beim Lesen der Zeilen dachte Suwanmali, wie geschickt es es verstand, ihr die eigenen Worte im Mund zu verdrehen. Sie bat ihn nur um eines, aber anstatt das zu akzeptieren, verlangt er von ihr genau das Gegenteil und trieb überdies noch Spott mit ihr. Nein, sie konnte es nicht wagen, sich in seine Nähe zu begeben. Zu gross war die Gefahr, erneut das Opfer einer seiner Listen zu werden. Und so setzte sie erneut ein Antwortschreiben auf, gab es Sin Samut und schärfte diesem ein, keine Antwort abzuwarten, sondern sofort zurückzukommen. Für Sin Samut wurde die Situation immer unerträglicher, wollte er doch weder den Vater noch die Mutter enttäuschen.

"Wieso fürchtest Du Dich so vor ihm, Mama? Was könnte Vater Dir schon antun? Worin liegt das Problem Vater zu treffen und die Angelegenheit in Ruhe zu besprechen"?

"Oh, was bist Du doch für ein kleiner Querkopf. Verstehst Du nicht, Dein Vater ist wie alle Witwer! Man kann ihnen einfach nicht vertrauen! Sie warten geduldig auf ihre Chance und machen sich dann die wehrlosen Frauen zu Eigen".

"Du bist alles andere als wehrlos, Mutter. Und Vater ist weder besonders stark und auch kein Grobian. Und er würde sich niemals an einer Frau vergreifen. Schon der Anblick Nang Phi Süa Samuts liess ihn früher erzittern. Aber vielleicht hast Du nur ganz einfach Angst davor, mit einem Mann zusammenzuleben"?

"Ich bin weder so hässlich noch so stark wie die Menschenfresserin, also wird er sich vor mir wohl kaum fürchten. Er würde lediglich versuchen, mich zu verführen. Ich möchte, das Du nicht von meiner Seite weichst, wenn er in meine Nähe kommen sollte".

Sin Samut begab sich erneut zum Logis des Vaters, übergab den Brief und wollte gerade gehen, als der Vater ihn am Ärmel fassend zurückhielt und nach dem Grund seiner übertriebenen Eile fragte. Der Sohn erzählte, das Suwanmali ihm aufgetragen habe, sofort zurückzukommen.

"Warum, fürchtet sie sich vor dem Alleinsein oder hat sie Angst vor Geistern"?

"Nein Vater, sie hat vor nichts und niemanden Angst. Aber sie traut Dir ganz einfach nicht".

Das wiederum schien Phra Aphai Mani zu amüsieren und er stellte weitere Frage. Der Sohn antwortete auf alles, aber er bat am Ende, der Prinzessin nicht zu verraten, das er so offenherzig über sie geplaudert habe. Der Vater umarmte ihn und las im Beisein Sin Samuts das neuerliche Schreiben. Darin erklärte sich Suwanmali zu einem Treffen am nächsten Tag bereit, vorausgesetzt das auch Sri Suwan und weitere Zeugen anwesend seien. Unter diesen Voraussetzungen sei sie bereit, ihn einmal täglich zu treffen. Phra Aphai Mani kam nicht umhin, ihre Geistesgegenwart und ihren Einfallsreichtum bewundernd zur Kenntnis zu nehmen. Aber er würde sie beim Wort nehmen, denn er wollte sie endlich wiedersehen. Allersdings dachte er keinesfalls daran, damit bis zum nächsten Tag zu warten. Und er beschloss, jetzt gleich sein Glück zu versuchen. Aber zunächst musste er Sin Samut andersweitig beschäftigen und so erzählte er ihm, dass sein Onkel ihn zu sehen wünsche.

Im Quartier des Onkels fiel den Jungen gleich Arun Rasmi um den Hals und versuchte ihn zu einem Spiel zu überreden. Sin Samut aber erklärte, er habe leider keine Zeit und es werde mittlerweile schon dunkel, so das er zurück zu seiner Mutter müsse. Sri Suwan lächelte und stichelte:

"Warum must Du nach ihr schauen. Versucht sie gerade, mit jemanden durchzubrennen"?

"Aber nein, Onkel. Aber ich befürchte, Vater wird schon auf dem Weg in Mutters Kabine sein und ich habe ihr versprochen, sie nicht mit ihm allein zu lassen".

"Nun pass mal auf, mein kleiner Neffe. Ist es Deine Aufgabe, sich in die Liebesangelegenheiten zwischen Mann und Frau einzumischen? Im Gegenteil, störe sie jetzt nicht und vielleicht hast Du schon bald einen kleinen Bruder, mit dem Du spielen kannst".

"Nicht doch. Onkel. Ich würde es niemals wagen, mich in die Angelegenheiten zwischen Mann und Frau zu drängen. Ich fürchte nur, ein handfester Streit könnte ausbrechen. Weisst Du Onkel, Mutter kann sehr eigensinnig sein und Vater scheint ebenfalls entschlossen, seinen Willen durchzusetzen. Ich muss mich beeilen, bevor sie aufeinander losgehen".

Sri Suwan lächelte über die seiner Jugend geschuldete Naivität des Neffen und fand alsbald heraus, das sein Vater ihn zu ihm geschickt hatte. Dem Bruder war sofort klar, das Phra Aphai Mani sich dadurch freie Bahn für ein Rendezvous mit Suwanmali verschaffen wollte. Um dem Bruder zu helfen, stellte er dem Neffen immer mehr Fragen, so das dieser alsbald die Zeit vergass und nicht einmal die Schiffsglocke hörte, die vier Glasen schlug.

Unterdessen wartete Suwanmali ungeduldig auf die Rückkehr Sin Samuts, der aber aus den uns bekannten Gründen auf sich warten liess. Da es mittlerweile dunkel geworden war, vermutete sie, Phra Aphai Mani habe mittels einer seiner Listen für die Abwesenheit des Jungen gesorgt. Wenn dem so war, dann war es nur noch eine Frage der Zeit, wann der feurige Liebhaber in ihrer Kabine auftauchen würde. Sie wies ihre Zofen an, ihr Bett so zu präparieren, das es den Anschein habe, als läge sie schlafend darin. Dann zog sie die Moskitonetze zu und bedeutete ihren Hofdamen, sie mögen ihr etwas vorspielen. Unterdessen legte sie noch die gleiche männliche Verkleidung an, die sich schon während der Kampfhandlungen mit Usren bestens bewährt hatte.

Wie erwartet erschien kurz darauf Phra Aphai Mani, aufs Feinste herausgeputzt und seine besten Kleider tragend. Er blickte in die dunkle Kabine, konnte aber nur die Zofen entdecken. Auf seine Frage hin wiesen sie auf das Bett, in dem ihre Herrin sich zur Ruhe begeben habe. Phra Aphai Mani kam näher und zog die Vorhänge zurück. Da es recht dunkel war, konnte er nur die Umrisse eines Körpers ausmachen. Langsam und vorsichtig tastete sich seine Hand weiter vor, aber alles was er fühlte, war eine weiche Masse. Irritiert hob er die Decke hoch und sah nichts als Kissen. Bitterkeit und Enttäuschung machte sich bei ihm breit und er rief:

"Musste ich so alt werden, damit mich eine Frau derart hereinlegen kann"?

Er wandte sich wieder an die Zofen, aber diese spielten weiter wortlos auf ihren Instrumenten. Langsam dämmerte es ihm, das man sich einen Spas smit ihm erlaubte. Verwirrt rannte er aus der Kabine und begann das Schiff nach ihr abzusuchen – aber, vergebens. Suwanmali hiingegen hatte grosse Mühe Contenance zu wahren, den als er direkt an ihr vorbeilief ohne ihn zu erkennen, hätte sie beinahe laut losgelacht. Schliesslich begab sich Phra Aphai Mani in das Logis des Bruders und sprach zu seinem Sohn:

"Deine Mutter ist verschwunden. Mach' Dich auf und geh' sie suchen".

Sin Samut sprang sofort und fühlte sich sogleich schuldig, die Mutter gedankenverloren so lang allein gelassen zu haben. So schnell er konnte rannte er zurück: in seinem Schlepptau befand sich Arun Rasmi, die sich den Fortgang dieser spannenden Ereignisse nicht entgehen lassen wollte. Aber auch die beiden fanden nur die musizierenden Zofen vor, die ihnen nicht sagen wollten oder konnten. Sie suchten das ganze Schiff ab und schliesslich gaben sie enttäuscht auf. Schliesslich sagte Arun Rasmi:

"Liebster Cousin, jemand muss meine Tante entführt haben".

"Und ich weiss auch wer. Es besteht kein Zweifel, dass es Vater war".

Sie rannten zur Kabine Phra Aphais, aber auch dort konnten sie keine Spur von Suwanmali entdecken. Schliesslich rang sich Sin Samut dazu durch zu fragen:

"Vater, wo hast Du Mutter versteckt? Bitte verrate es mir".

"Ich weiss selber nicht, wo sie steckt, Junge. Und störe mich jetzt nicht weiter"!

Noch einmal rannten die beiden Kinder zur Kabine Suvarnamalis, aber wieder vergebens. Arun Rasmi brach in Tränen aus, während Phra Aphai Mani, der ihnen gefolgt war, einen mit Parfüm gesprenkelten Schal der Prinzessin als Erinnerungsstück an sich nahm. Nachdem Aphai entmutigt gegangen war, kehrte Suwarnmali in ihre Kabine zurück. Es dauerte noch eine ganze Weile bis Sin Samut endlich ihre Maskerade durchschaut hatte und in ihre Arme flog. Suwanmali stieg aus den Männerkleidern und bat die beiden Kinder sich zu ihr aufs Bett zu legen. In diesem Moment bemerkte sie, das der Schal nicht mehr da war. Sin Samut berichtete, wie der Vater mehrfach ihre Kabine durchsucht und beim letzten Mal den Schal an sich genommen hatte. Suwanmali kannte natürlich den Grund, aber den Kindern gegenüber spielte sie die Beleidigte:

"Jetzt seht ihr es selbst, Kinder. Meiner konnte er nicht habhaft warden, also stahl er stattdessen meinen Schal. Pfui Teufel, dieser Kerl"!

Zur gleichen Zeit lag Aphai, den Schal auf seiner Brust liegend, ausgestreckt auf seinem Bett.

"Was für ein Weib! In der Tat, sie hat einen Narren aus mir gemacht. Aber immerhin, zumindest habe ich ihren Schal. Wo kann sie nur hingegangen sein, zu dieser späten Stunde? Wenn ich es genau bedenke, sollte ich eifersüchtig sein. Andererseits ist der Gedanke, das sich ein strahlend weisser Schwan in einen dreckigen Tümpel verirrt haben sollte, absurd".

Und so kreisten allerlei Gedanken im Kopf Phra Aphai Manis und er fand erst ein wenig Ruhe, als bereits die Sonne aufging.

Der Rest der Reise verlief ohne weitere Zwischenfälle die der Erwähnung bedürften. Bei stetem Wind und ruhiger See erreichte die

Gesellschaft schliesslich Phalük, wo man vor Anker ging. Die Bevölkerung geriet völlig aus dem Häuschen, als sich die Nachricht von der Rückkehr der lang vermissten Prinzessin verbreitete. Als die Nachricht schliesslich auch den Palast erreichte, liess es sich Königin Monta nicht nehmen, ihre Tochter persönlich am Kai abzuholen. Die Damen des Hofes machten eilig in der Hoffnung Toilette, die Aufmerksamkeit des Königs, den man ebenfalls auf dem Schiff vermutete, zu erregen. Auch sie begleiteten die Königin hinunter zum Hafen.

An Bord nahm Suwanmali ein duftendes Bad und legte ihre kostbarsten Gewänder an. Dann bedeutete sie Sin Samut und Arun Rasmi das gleiche zu tun. Hernach begaben sie sich an Deck, wo sie bereits von Phra Aphai Mani und Sri Suwan erwartet wurden. Als die Prinzessin in der Ferne die Türme des elterlichen Palastes entdeckte, musste sie wieder an ihren Vater denken und einige Tränen kullerten über ihre Wangen. Dann wandte sie sich mit einer tiefen Verbeugung an die beiden Brüder:

"Ich gehe jetzt, da meine Mutter mich bereits am Kai erwartet. Aber schon bald werdet Ihr eine formelle Einladung erhalten, uns an Land zu besuchen. Da Ihr beide für mich wie Väter gesorgt, zahllose Unannehmlichkeiten auf Euch genommen und mich aus vielen Gefahren gerettet habt, ist es mein Wunsch, das Ihr mindestens einen Monat unsere Gäste seid".

Sri Suwan konnte ein wissendes Lächeln nicht unterdrücken:

"Was mich betrifft, so muss ich um Euer Verständnis bitten, das ich schnellstmöglich in die Heimat zurückkehren möchte, denn unsere alten Eltern haben schon lange nichts mehr von uns gehört und erwarten uns sicherlich voller Sehnsucht. Aber mein Bruder wird Eure grosszügige Einladung gerne annehmen".

Suwanmali verstand die Anspielungen sehr wohl und wandte sich schnell an Phra Aphai Mani:

„*Sin Samut und Arun Rasmi möchten mich in den Palast begleiten. Haben sie Eure Erlaubnis*"?

"*Wer könnte ihnen diesen Wunsch verwehren? Auch wenn ihr ihren Vätern nicht gestatten wollt, Euch zu begleiten, wir werden die Kinder dieses Vergnügens nicht berauben. Ich werde einstweilen persönlich die Bordwache übernehmen, es sei denn, ihr wollt, das ich umgehend mit meinem Bruder abreise*".

Suwanmali amüsierte sich innerlich köstlich über den verletzten Stolz des eitlen Gockels, wahrte aber die Haltung, die von einer Prinzessin erwartet wurde:

"*Ich habe nicht beabsichtigt Euch zu beleidigen. Ich ging Euch während unserer gemeinsamen Reise aus dem Weg, da ich Eure Absichten nicht kannte und mich deshalb ein wenig fürchtete. Was Euren Entschluss anbelangt unser Gast zu sein, bedenkt es wohl. Prinz Usren könnte schon bald vor den Toren der Stadt stehen. Wenn es dann zum Kampf kommt, kann Phalük auf Eure Hoheit zählen*"?

Mit dieser lezten Spitze verabschiedete sich Suwanmali und stieg in eines der Beiboote, welches sie und ihre Zofen an Land brachte. Sie rannte gleich auf ihre Mutter zu, die vor lauter Freude und Aufregung in Ohnmacht fiel. Aks ihre Hofdamen die Königin wieder aufgeweckt hatten, überschüttete sie die Tochter mit Fragen. Verständlicherweise fragte sie nach dem Verbleib ihres Mannes, König Silarat. Suwanmali erzählte ausführlich die vergangenen Geschehnisse und der unbekannte Verbleib ihres Mannes verstärkte ihre Ängste; hatte sie nicht kürzlich einen fürchterlichen Alptraum, in dem ihrem Mann Schreckliches widerfahren war? Nachdem sie noch einige Zeit über das ungnädige Schicksal lamentiert hatte, wurden ihr schliesslich Sin Samut und Arun Rasmi vorgestellt. Königin Monta schloss die beiden sogleich in ihr Herz und lud sie ein, im Palast zu wohnen. Dann wandte sie sich an die anwesenden Noblen des Reiches. Da zu befürchten stand, das der König nicht mehr am Leben sei, müsse man alsbald einen neuen Herrscher finden. Da es keinen männlichen Erben gebe, wäre es naheliegend, Phra Aphai Mani die Regierungsgeschäfte zu übertragen. Sie wies die zuständigen Beamten an, die königliche Barke samt Begleitschiffen aufzuklaren.

Nachdem alle notwendigen Vorbereitungen getroffen waren, bestiegen Königin Monta, Suwanmali, Sin Samut und Arun Rasmi die bereitstehende Barke und von zahlreichen kleineren Booten flankiert, nahm man Kurs auf das vor Anker liegende Boot der Gäste. An Bord wurden sie von beiden Brüdern begrüsst, die dem Anlass geschuldet, ihre prinzlichen Roben angelegt hatten. Nachdem man mit den höflichen Bekundungen des gegenseitigen Respektes den Erfordernissen der höfischen Etikette gerecht geworden war, fokussierte sich das Interesse Montas zunehmend auf Phra Aphai Mani. Dieser beeindruckte sie durch sein Charisma, sein Auftreten und die Gewandheit seiner Worte dergestalt, das sie ihm kurzentschlossen anbot, die Herrschaft über Phalük anzutreten. Lächeln antwortete dieser:

"Ihr seid zu gütig, Königin, oder wenn ich mir erlauben darf zu sagen: Frau Mutter. Ich habe nichts geleistet, was diese grosse Ehre rechtfertigen würde. Ich bin nicht mehr als ein Passagier auf dem Schiff, welches Suwanmali und ihrem Adoptivsohn, der allerdings auch mein Sohn ist, gehört. Selbst als der Prinz von Lanka unser Schiff angriff, konnte ich nicht helfen, da ich diesem verpflichtet war. Seitdem habe ich mir den Unmut Eurer Tochter zugezogen. Deshalb bin ich unwürdig dieses Reich zu regieren und bitte um die Erlaubnis, bald in meine Heimat zurückkehren zu dürfen".

Die alte Königin antwortete:

"Falls sich Suwanmali Euch gegenüber rüde oder unanständig verhalten hat, vergebt ihr bitte und lehrt sie ihren Platz, auf das sie Euch künftig nicht mehr den Gehorsam schuldig bleibt, der Euch gebührt. Ich bin sehr alt geworden und werde nicht mehr lange leben. Wenn Ihr bleibt, vermache ich Euch alles was ich habe und bitte Euch, nach meinem Tod für eine standesgemässe Beisetzung zu sorgen. Ich

kam hierher, Euch die Herrschaft über Phalük anzudienen. Schlagt mir meinen Wunsch nicht ab und begleitet mich jetzt in Euren künftigen Palast".

Dann wandte sie sich an die Tochter und forderte sie mit einem Wink auf, zu sprechen:

"Vielleicht erwägt Seine Hoheit das Angebot meiner Mutter abzulehnen, weil er hofft, dereinst ein Himmelreich zu führen. Wie auch immer, ich kann nur hoffen, er wird davon Abstand nehmen, mich fürderhin zu diskreditieren. Als Frau habe ich naturgemäss ein gewisses Temperament, welches aber nicht annähernd mit dem vergleichbar ist, welches Seiner Hoheit zu Eigen ist. Nun ist es an euch, Sin Samut und Arun Rasmi, euren Vater und Onkel zu überzeugen in Phalük zu bleiben. Ich kann es nicht".

Arun Rasmi zwitscherte gleich in kindlicher Unschuld los, was die anwesenden Hofdamen erheiterte:

"Du wirst doch bitte bei uns bleiben, lieber Onkel, oder"?

"Sage Deiner Tante, das ich bereit bin zu bleiben. Aber nur wenn sie mir versichert, das sie nicht mehr böse auf mich ist. Dann wird Dein Onkel mit in den Palast kommen".

"Bitte seid nicht mehr böse auf ihn, liebe Tante"!

"Sag' nicht solche Sachen, Kind, du blamierst mich ja vor allen Leuten".

Die Königin fand, der Worte seien nun genug gewechselt und mahnte zum Aufbruch. Alle begaben sich in den Palast, wo Monta dem künfigen Herrscher die Insignien seiner Würde sowie eine stattliche Anzahl an jungen und hübschen Palastdienerinnen übergab, die sich um sein Wohlbefinden zu kümmern hatten. Während Phra Aphai Mani und Sri Suwana im goldenen Pavillion residierten, zogen Sin

Samut, Arun Rasmi und Suwanmali zu Monta in die Gemächer der Königin.

Obwohl die schönsten Mädchen des Landes dem neuen Regenten präsentiert wurden, dachte dieser nur fortwährend daran, wie es ihm gelänge, die Liebe Suwanmalis zu gewinnen. Immer wieder versicherte er Königin Monta, das ein längerer Aufenthalt ohne die Prinzessin an seiner Seite für ihn nicht vorstellbar war. Diese war sich nur zu bewusst, das er alle Hebel in Bewegung setzte, um sie sich wieder gewogen zu machen. Also ging sie zu ihrer Mutter und teilte ihr mit, das sie beabsichtige, künftig in der Einsamkeit der Berge ein Leben als Nonne zu führen, so das die erworbenen Meriten dem Vater im Himmel zugute kämen. Die Königin war lebenserfahren genug, um die sofort die Absichten der Tochter zu durchschauen:

"Und was wird dann aus Deinem Verlobten? Ich habe bereits Deine Hochzeit mit Aphai für den kommenden Monat arrangiert".

"Aber ich wünsche nicht, ihn zu heiraten. Verspürte ich den Wunsch nach einem Gemahl in mir, so hätte ich mich ihm schon an Bord des Schiffes hingeben können, als er so zudringlich wurde. Aber das Gegenteil war der Fall, ich mied seine Gegenwart wann immer es mir möglich war. Nun da er all diese hübschen und willigen Dienerinnen um sich herum hat, hat er mich wahrscheinlich schon längst vergessen. Also erfülle mir meine Bitte und lass' mich gehen".

"Ich habe Phra Aphai bereits versprochen, Dich ihm zur Frau zu geben. Wenn Du die Hochzeit also wirklich absagen möchtest, musst Du zu ihm gehen und bitten, das er Dich freigibt. Ist er einverstanden, will ich Deinem Wunsch entsprechen".

Suwanmali machte sich umgehend in Begleitung von Sin Samut und Arun Rasmi auf den Weg. Sie verbeugte sich und erklärte ihm den Grund ihres Besuches:

"Ich habe während unserer langen Reise einen Schwur an Bord geleistet, das ich als Nonne für das Seelenheil meines verstorbenen Vaters beten möchte. Die dadurch erworbenen Meriten sollen ihm allein zugute kommen. Ich bitte Euch daher, eine Mutter von ihrem Versprechen zu entbinden und mich freizugeben, damit ich meinen Eid erfüllen kann".

Diese unerwartete Wendung traf Aphai wie ein Keulenschlag. Doch er musste nach kurzem Bedenken sich selbst eingestehen, das er keine Argumente hatte, seine Zustimmung zu verweigern. Sie hatte ihn schachmatt gesetzt:

"Es scheint, das mich das Schicksal zum unglücklichsten Mann unter der Sonne erkoren hat. Ich dachte, das nun mein Leiden hier endlich ein Ende hätte und ich am Ziel meiner Träume angelangt sei. Stattdessen willst Du vor mir davonlaufen. Was soll ich ohne Dich hier an diesem fremden Ort"?

"Euch stehen doch unzählige Möglichkeiten der Zerstreuung und des Vergnügens zur Verfügung, Ihr werdet mich also nicht vermissen. Und ich bin ja weder aus der Welt, noch werde ich den ganzen Rest meines Lebens als Nonne verbringen. Wenn ich meinen Schwur erfüllt habe und die Zeit gekommen ist, werde ich an den Hof zurückkehren. Solltet Ihr mich dann immer noch wollen, werde ich mich nicht verweigern".

"Ich bin bereit, Deine Bitte zu erfüllen. Aber Du must mir sagen, wie lange du als Nonne leben möchtest und wann Du zu mir zurückkehren wirst, damit mein schweres Herz jeden Tag ein wenig leichter wird".

Alles war besprochen und die Prinzessin nahm Abschied von der Mutter. Sin Samut und Arun Rasmi bestanden darauf sie zu begleiten und das frugale Leben in der kargen Hermitage mit ihr zu teilen. Auch einige Hofdamen begleiteten sie, alllerdings betrachteten diese die ganze Expedition eher als eine Art Abenteuerurlaub. Oben in den Bergen angekommen, warteten die kalten und leeren Felsenhöhlen auf sie, die niemals zuvor eine dermassen charmante Pilgergruppe beherbergt hatten. Alle begaben sich in die kleine, in den Felsen gehauene Kapelle, wo sie niederknieten und gemeinsam den Schwur ablegten, von nun an ein demütiges, einfaches und sündenfreies Leben zu führen. Schon nach kurzer Zeit tauchten Phra Aphai Mani und Sri Suwan in der Einsiedelei auf. Doch auch der letzte verzweifelte Versuch, Suwanmali doch noch zur Umkehr zu bewegen, misslang und enttäuscht machten sich die beiden auf den Heimweg.

Nachdem einige Wochen vergangen waren, ohne das sich eine Änderung der Situation abzeichnete, wuchs in Aphai die Erkenntnis, das er möglicherweise eine falsche Taktik gewählt hatte. Da Suwanmali noch immer keinerlei Anstalten machte die Hermitage zu verlassen, entschloss er sich, energischer aufzutreten. Er warf sich in seine besten Kleider und machte sich auf den Weg, die Widerspenstige nun endgültig zu zähmen. Gut versteckt hatte er in seinem Gepäck auch ein kostbares Gewand für die Prinzessin bei sich. Und gemeinsam mit Sri Suwan stieg er den Berg hinauf.

Suwanmali, im keuschen weissen Gewand der Nonnen, sass mit Sin Samut und Arun Rasmi vor ihrer Höhle und erfreute sich am Lauf der Natur um sie herum. Kleine Vögel balzten eifrig im Geäst eines altersgrauen Banyan-Baumes, ein Bienenvölkchen sammelte emsig Honig aus den vielen Blumen, deren süsser Duft der frischen und klaren Luft in den Bergen eine besonders angenehme Note verlieh. Als sie unten am Pfad die beiden Brüder entdeckte, schickte sie ihnen die beiden Kleinen zur Begrüssung entgegen. Phra Abhai Mani kam nach dem üblichen Begrüssungsritual gleich ohne Umschweife auf den Punkt:

"Ich habe die ganze Zeit nur an Dich gedacht. Während mein Körper im Palast weilte, war mein Herz hier bei Dir. Es war mir, als wärest Du ganz nah bei mir gewesen, den ganzen Tag, morgens und abends. Es ist mir unmöglich in Worte zu fassen, wie sehr ich Dich vermisst habe. Hast Du denn in der ganzen Zeit nicht einmal an mich gedacht? Oder

bist Du so in Deinem neuen Leben als Nonne aufgegangen, das Du mich völlig aus Deiner Welt verbannt hast"?

Diese Worte verfehlten ihre Wirkung nicht und drangen Suwanmali durch Mark und Bein. Aber angesichts der gegenwärtigen Situation fasste sie sich schnell wieder, senkte den Kopf und sprach im gesetzten Ton:

"Ich hab auch für Eure Hoheit in meinen Stunden der Andacht gebetet. Aber mir ist auch zu Ohren gekommen, das ihr mittlerweile Gefallen an einer Eurer Dienerinnen gefunden haben sollt".

Dies galt Wali, eine der Kokotten bei Hofe, die sich besonders freizügig um die Gunst des neuen Regenten bemühte und sich ihm immer wieder auf laszive Art und Weise andiente. Phra Aphai Mani war einerseits erfreut, das seine Angebetete noch immer Interesse an den Vorgängen bei Hofe bekundete, es bestand also Hoffnung, das ihr Aufenthalt in der Hermitage nicht dauerhaft sein werde. Gleichzeitig fragte er sich aber auch, wie und durch wen sie auf dem Laufenden gehalten wurde.

"Ja, Wali kommt aus einer guten Familie und ist zudem hochgebildet und intelligent. Deshalb dachte ich, sie eigne sich wunderbar als Deine Gesellschafterin, sobald Du wieder zurück bist. Mein Wunsch ist, das Du heute mit mir zurück in die Stadt und unter Menschen kommst, auch die Bevölkerung vermisst seine Prinzessin. Was Deine bewundernswerte Frömmigkeit anbelangt, so kannst Du diese im Alter ausleben. Dann werden wir beide unseren Lebensabend gemeinsam in Demut hier in der Einsiedelei verbringen".

"Die Menschen werden sagen, der Herrscher von Phalük zwingt Nonnen dazu, ihrem Gelübde untreu zu werden".

"Jeder der liebt, wird immer loben, jeder der hasst, wird immer streiten. Ich kann den Menschen nicht vorschreiben, was sie zu tun, aber nicht, was sie zu denken haben. Warum sollte uns das Gerede

stören, es ändert nichts an den Tatsachen. *Die Hofbrahmanen haben mir mitgeteilt, das der heutige Tag für Deine Rückkehr glückverheissend ist. Also versuche nicht länger, die Abreise aufzuschieben. Ich bin am Ende meiner Geduld und werde Dich notfalls über meine Schulter werfen und persönlich in den Palast tragen"*!

"Ich bitte Euch, tut nichts Unüberlegtes. Zeigt noch ein wenig Geduld und wartet ab. Gebt mir die notwendige Zeit und ich will Euch willig folgen".

Aphai wandte sich an Sri Suwan und fragte:

"Was meinst Du Bruder, sollen wir uns zumuten, die Nacht hier zu verbringen"?

Arun Rasmi zwitscherte:

"Was meinst Du, liebe Tante? Lass uns bitte schleunigst in den Palast zurückkehren".

Suwanmali sah sie verwundert an und antwortete mit einem Lächeln auf den Lippen:

„So so, jetzt hast Du Dich auch auf ihre Seite geschlagen".

Phra Aphai Mani war am Ende seiner Geduld:

"Was bist Du doch für eine kleine starrköpfige und hartherzige Person. Ich gebe Dir noch einmal drei Tage, aber keine Sekunde länger"!

Drei Tage waren inzwischen ins Land gegangen, aber die Prinzessin war noch immer nicht zurückgekehrt. Der Hof war in grosser Sorge, der Regent fand keinen Schlaf und hatte auch seit Tagen nichts mehr gegessen. Eines Abends lag er wieder einmal apathisch in seinem

Gemach, als sich Wali zu ihm gesellte und ihm ein Lied vorsang. Nachdem er eine Weile mit halbem Ohr zugehört hatte, weckten verschiedene Andeutungen im Text des Liedes seine Neugier. Er bat Wali deutlicher zu werden. Schliesslich versprach sie ihm, das sie einen todsicheren Plan habe, wie sie die Prinzessin ohne Aufsehen und weiteren Ärger dazu bewegen könne, in den Palast zurückzukehren. Sie könne ihm keine Details verraten, da es sich um eine Angelegenheit zwischen zwei Frauen handele, aber wenn er ihr freie Hand liesse, werde er es nicht bereuen. Sollte sie wider Erwarten scheitern, könne er sie gerne köpfen lassen.

Walis List war ebenso einfach wie genial. In der Folge streute sie bei Hof das Gerücht, die Hochzeit des Regenten stünde kurz bevor. Dabei vermittelte sie, ohne es direkt zu sagen, geschickt den Eindruck, das sie die Auserwählte sei. Auf ihren Wunsch hin wies Sri Suwan den Hofstaat an, mit den Vorbereitungen der Vermählung und des damit einhergehenden, sieben Tage dauernden Festes zu beginnen. Das Personal des Palastes machte sich sofort an die Arbeit. In Windeseile wurden zusätzliche Pavillions und Bühnen für die diversen Lustbarkeiten errrichtet. Die Hofdamen waren Tag und Nacht damit beschäftigt, für die benötigte Dekoration und Illumination des Palastes zu sorgen. Und die Köche und Mundschenke hatten alle Hände voll zu tun, die Vorratskammern mit den entsprechenden Delikatessen und die Keller mit den erlesensten Weinen zu füllen. Als alles vorbereitet war, wurde die gesamte Stadt eingeladen, an den Festivitäten teilzunehmen, was naturgemäss allgemeine Vorfreude und Begeisterung auslöste.

Königin Monta war nicht eingeweiht worden und angesichts des immer näher rückenden Termins derart beunruhigt, das sie sich entschloss, ihre Tochter umgehend in ihrer Einsiedelei aufzusuchen. Die Neuigkeiten verletzten begreiflicherweise sowohl ihren weiblichen Stolz als auch ihre romantischen Gefühle, die sie sich nun eingestehen musste. Der Gedanke, das Phra Aphai Mani sich von ihr abgewendet hatte und Wali zu seiner Königin machen könnte, war ihr unerträglich. Sie legte das schlichte weisse Gewand der Nonne ab und legte die kostbare Robe an, welche die Brüder bei ihrem Besuch in ihrem Gepäck gut versteckt mitgeführt und dann versehentlich dort „vergessen" hatten. Dann begab sie sich eilenden Schrittes in den Palast. Als Aphai sie schon von weitem erblickte, dankte er Wali und schenkte ihr seinen mit Diamanten verzierten Dolch. Bereits am kommenden Tag führte Phra Aphai Mani Suwanmali zum Altar und ein rauschendes Fest begann.

--- Ende Kapitel 7---

พระอภัยมณี ๘

Kapitel 8: Die Prinzessin
der westlichen Insel

Die Ehe von Phra Aphai Mani und Suwanmali war glücklich und harmonisch. Zwar hatte ihr Gatte immer einen Blick für die vielen attraktiven Damen des Hofes über, aber das wachsame Auge der Gemahlin schob allen amourösen Avancen einen Riegel vor. Und dem Lauf der Natur folgend brachte sie ein Jahr darauf Zwillinge zur Welt und das junge Paar durfte sich über zwei gesunde Töchter freuen.

Unterdessen hatte sich Sri Suwan in Begleitung seiner Tochter Arun Rasmi und seines Neffen Sin Samut aufgemacht, um nach der langen Trennung seine Eltern im Reich Ratana zu besuchen. Der ergraute König und seine Gemahlin waren hocherfreut, den jüngsten Sohn wieder in die elternlichen Arme schliessen zu können. Ganz besonders vernarrt waren sie in die beiden Enkelkinder und sie baten inständig darum, sie in den letzten Jahren ihres Lebens nicht mehr zu verlassen. Der Brahmane Sanon, der ebenfalls mitgereist war, wurde beauftragt Phra Aphai eine entsprechende Nachricht zu übermitteln.

Während in Ratana und Phalük alles friedlich war und zum Besten stand, wurden in Lanka alle Vorbereitungen für eine gross angelegte Invasion getroffen. Prinz Usren, der noch immer seine tief sitzenden

Wunden der erlittenen Niederlage leckte, wollte ein für alle mal die offene Rechnung mit seinem Widersacher begleichen. Er hob eine gewaltige Armee aus und liess eine stattliche Flotte bauen. Als die Arbeiten abgeschlossen waren, wurden die Segel mit Kurs auf Phalük gesetzt. Der König, obwohl bereits in hohem Alter, bestand darauf seinen Sohn auf dem Kriegszug zu begleiten. Seine Tochter, die schöne sechszehnjährige Prinzessin Laweng, überliess er der bewährten Obhut ihrer Ammen und seiner Berater. Zufälligerweise hielt sich einer der Schiffbrüchigen, der seinerzeit mit Phra Aphai Mani auf der ungastlichen Insel gestrandet war, in Lanka auf. Diesem gelang es noch vor der Abfahrt der Flotte eine Warnung nach Phalük zu übermitteln. Aphai war sehr besorgt, denn die Bevölkerung Phalüks war sehr friedliebend und daher kaum kampferprobt. Er wandte sich erneut an Wali, die mittlerweile seine Vertraute und Beraterin geworden war. Diese teilte seine Meinung, das die Truppen Phalüks zu gering und unerfahren waren, um in einer offenen Feldschlacht dem Feind widerstehen zu können. Also musste zu einer Kriegslist gegriffen werden. Sie schlug vor, das beim Angriff des Feindes ein Teil der eigenen Armee einen erzwungenen Rückzug vortäuschen sollte. So könne man den Feind auf das ihm unbekannte Terrain im Landesinneren locken und dort in einem vorbereiten Hinterhalt attackieren.

Aphai stimmte zu und als die Flotte Usrens schliesslich in der Bucht von Phalük ankerte, waren alle Vorbereitungen der Verteidiger getroffen. An Bord seines Flaggschiffes stehend wunderte sich der Prinz, das die Ankunft seiner imposanten Armada offensichtlich wenig Eindruck auf den Gegner machte. Er liess mit der Bordkanone einen Warnschuss auf die Stadt abgeben, der offensichtlich für einige Unruhe an Land sorgte. Schliesslich entdeckten seine Wachposten einige kleine Boote, die offensichtlich in wilder Flucht versuchten, die rettende Flussmündung zu erreichen. Eines der Boote konnte abgefangen werden und die Besatzung wurde zur Vernehmung zu Usren gebracht. Die Gefangenen teilten ihm zu seiner Überraschung mit, das Aphai bereits vorher von seiner Ankunft informiert worden war und deshalb vorsorglich die Bevölkerung ins Landesinnere evakuiert habe. Er selbst sei auch bereits auf der Flucht und segele flussaufwärts. Wie zur Bestätigung sahen die Invasoren nun Flammen und Rauch in der Stadt aufsteigen und Bewohner, die in grosser Eile die Stadt verliessen.

Nach einer kurzen Beratung mit seinem Vater wurde beschlossen, die Armee Lankas aufzuteilen. Der Prinz würde mit einem Teil der Flotte flussaufwärts segeln, um den flüchtigen Aphai zu stellen. Der Vater sollte mit dem Hauptkontingent einstweilen sein Lager vor der Stadt aufschlagen. Usren segelte sofort los, während der Vater die Order gab, an der Küste vor Anker zu gehen und die Truppen anzulanden. Gegen Abend war die Operation abgeschlossen und die Invasoren hatten ihre Quartiere bezogen. Da sich offensichtlich kein Widerstand erhob, begannen die Soldaten den leicht errungen Sieg fröhlich und sorglos zu feiern. Dies sollte sich als schwerer Fehler erweisen, denn die Stadt war keineswegs verlassen. Hinter den Mauern lauerten die bewaffneten Bewohner in ihren Verstecken. Es war Suwanmali, erneut als Mann verkleidet, der es mit einer kleinen Gruppe gelang, sich unerkannt an den Strand zu schleichen. Im Schutze der Dunkelheit gelang es ihnen, die wie an einer Perlenkette aufgereihten Schiffe nacheinander in Brand zu stecken. Als die Flammen lodernd in den nächtlichen Himmel schlugen, sprangen die in der Stadt versteckten Soldaten aus ihren Verstecken und warfen sich mit wildem Kriegsgeschrei auf die völlig überraschten Soldaten Lankas. Usrens Männer waren chancenlos. Konsterniert vom Amblick ihrer brennenden Schiffe rannten sie ungeordnet und in Panik in

Richtung der wenigen Schiffe, welche das Flammenmeer noch nicht erreicht hatte. Der alte König, nicht mehr in der Lage, selbst die Flucht zu ergreifen, wurde einem riesigen Krieger über die Schulter gelegt. Wali hatte das Pärchen alsbald entdeckt und schoss drei Pfeile ab. Alle drei trafen, aber keiner war tödlich, so das der König und sein treuer Knappe in letzter Sekunde, schwer verletzt aber noch lebend, das rettende Schiff erreichten, welches sofort den Anker lichtete und aus der Bucht segelte.

Unterdessen hatte sich die von Usren kommandierte Abteilung schon weit von der Stadt entfernt. Als Phra Aphai Mani annahm, das der Überraschungsangriff auf die Flotte mittlerweile abgeschlossen sein müsste, liess er beidrehen und an einem vorher ausgesuchten Ort griff man den Gegner frontal und von hinten an. Da Usren in Unkenntnis der Ereignisse vor der Stadt nun annahm, man wolle ihm den Rückweg zu seiner Hauptarmee abschneiden, entschloss sich zur Flucht. So war in kurzer Zeit aus dem Jäger der Gejagte geworden. Unter vollen Segeln erreichten die Boote Usrens die Flussmündung und man nahm zuversichtlich Kurs auf den Ankerplatz der Flotte. Dort angekommen fiel die Begrüssung allerdings anders als erwartet aus. Aus allen Richtungen hagelte es Kanonenkugeln und das Heck des Flaggschiffes wurde so schwer getroffen, das es schnell zu sinken begann. Sofort ertönte der Befehl „Alle Mann von Bord" und die komplette Besatzung ausser dem Prinzen selbst sprang über die Reling. Phra Aphai konnte angesichts dieser Szenerie nicht anders als den Prinzen, der ihn einst von der verlassenen Insel gerettet hatte und dann sein Feind geworden war, zu umarmen, nachdem sich dieser ergeben hatte. Damit war die Schlacht beendet. Die Überlebenden der Armee Lankas waren geflohen und ein Kanonensignal verkündete das Ende der Kampfhandlungen. Die

Krieger und Bewohner Phalüks kehrten erschöpft aber glücklich in ihre Stadt zurück.

Prinz Usren wurde in die royalen Gemächer des Palastes gebracht und auf eine Bettstatt gelegt, wo die Hofärzte seine im Kampf erlittenen Wunden versorgten. Als er aus seinem tiefen Erschöpfungsschlaf erwachte, fiel sein Blick zuerst auf Phra Aphai Mani. Erfüllt von Scham über die erneute Niederlage beschloss er seinem Leben selbst ein Ende zu setzen. Er tastete nach seinem Schwert, aber seine Hand griff ins Leere, da man ihn entwaffnet hatte bevor er in den Palast gebracht worden war. Dies steigerte noch seine Verzweifelung. Aphai, der die Szene beobachtet und die Absicht durchschaut hatte, wandte sich mit besänftigenden Worten an seinen geschlagenen Gegner:

„Seid nicht traurig, denn ich nenne Euch ab sofort meinen Bruder, auf das wir wie eine Familie sind. Zu Beginn waren wir gute Freunde und einander herzlich zugetan. Dann haben wir um eine Frau gestritten und wie Männer um sie gekämpft. Im Krieg ist es notwendig, mit aller Härte und Entschlossenheit zu streiten, will man den Sieg erringen. Das habe ich getan. Aber ich habe Euch hierher in meinen Palast bringen lassen, um vernünftig mit Euch zu reden. Jetzt da die Schlacht geschlagen, lasst Euren Ärger fahren und uns unsere Freundschaft erneuern, bis an das Ende unserer Tage. Eure Männer, die wir gefangengenommen haben, lassen wir wieder frei und unsere beiden Völker werden künftig in Frieden und Freundschaft miteinander verkehren. Was sagt Ihr dazu, mein Bruder"?

Aber der gedemütigte Prinz war für die grossherzige Offerte des Siegers nicht empfänglich und nahm eine trotzige Haltung ein:

„Ich kenne Euch zu gut, Ihr seid voll von List und Tücke. Vergesst nicht, ich kam hierher um Euch zu vernichten. Ich habe es nicht verdient, erneut besiegt zu werden. Aber da es nun mal geschehen ist, muss ich es wohl oder übel akzeptieren. Aber glaubt ja nicht, das ich deshalb einen Feind zu meinen Freund mache. Ich bin ein Mann und ein Krieger. Ich fürchte den Tod nicht und beuge mein Haupt vor niemanden. Ihr könnt mich töten oder in den Kerker werfen. Ich werde Euch dafür im nächsten Leben erneut heimsuchen."

Phra Aphai zeigte Verständnis für die Gemütslage des Geschlagenen, ignorierte den inpertinenten Gefühlsausbruch und versuchte weiter, zu einer einvernehmlichen Lösung zu kommen:

„Ich hege zuviel Mitgefühl für euch, als das ich Euch sterben lassen würde. Nun, ich bitte Euch, sagt mir, was könnte Euren Zorn besänftigen. Sollte es menschenmöglich sein, Eurem Begehr zu entsprechen, so will ich dies tun".

„Wäre der Sieg mein gewesen, hätte ich Euch und Suwanmali die Haut bei lebendigem Leib abziehen lassen und danach Salz in die Wunden gestreut. Danach hätte ich Eure Köpfe abgeschlagen. Das wäre das Einzige, was mich zufrieden gestellt hätte".

Phra Abhai Mani wandte sich voller Grauen angesichts dieser hasserfüllten Tirade ab. Dennoch verlor er nicht die Beherrschung und antwortete im ruhigen Ton:

"Ihr seid immer noch vonn von Rachegdanken. Aber ich werde Euch trotzdem kein Haar krümmen und Euch ungehindert ziehen lassen. Ihr habt mir einst einen grossen Dienst erwiesen, den ich Euch hiermit vergelte. Wenn Ihr später erneut gegen uns zu Felde ziehen wollt, mag es so sein. Aber solange Ihr noch verwundet seid, betrachtet

Euch als mein Gast. Lebt, esst, trinkt und vergnügt Euch Eurem Rang entsprechend".

Wali war alles andere als begeistert von der Strategie ihres Herrn. Könige hatten den überlieferten Sitten und Gebräuchen zu folgen und diese sahen keinesfalls vor, Feinde freizulassen, deren Absicht es gewesen war, zu vernichten und zu töten. ,Unser König ist einfach zu generös', dachte sie bei sich, 'er glaubt ernsthaft, dadurch Dankbarkeit erwarten zu dürfen. Er unterschätzt den Wolf im Menschen. Aber was soll ich nur tun? Er wird nicht auf mich hören. Die Königin wird, mit Rücksicht auf das gegebene Heiratsversprechen ihres Vaters, ebenfalls nichts unternehmen. Also ist es an mir eine Lösung zu finden. Die Alten haben uns folgendes gelehrt: Brichst Du der Schlange nur den Rücken, wird sie zurückkommen und sich rächen. Lässt Du das Krokodil zurück ins Wasser, wird es zu alter Stärke zurück finden. Ein ehemals Gefangener wird in die Freiheit entlassen erneut zur tödlichen Bedrohung. Schenkst Du einem gefangenen und besiegten Feind die Freiheit, wird er nur zu einem noch grösseren Problem in der Zukunft'.

Wali dachte lange nach, wie sie den widerspenstigen Prinzen zur Räson bringen könnte. Schliesslich hatte sie eine Idee, die ihrer Mainung nach Aussicht auf Erfolg hatte. Sie legt Männerkleidung an und steckte ihren Dolch mit dem juwelenbesetzten Griff in den Gürtel. In dieser Verkleidung ging sie hinüber zu den königlichen Gemächern und bat um eine Audienz. Vor Phra Aphai Mani und in Gegenwart von Usren erzählte sie, wie drei ihrer Pfeile den alten König von Lanka getroffen hatten, bevor er auf sein Schiff gebracht wurde. Auch wenn die Treffer nicht unmittelbar tödlich gewesen seien, so stünde doch zu vermuten, das angesichts des hohen Alters eine Genesung des Königs so gut wie ausgeschlossen sei. Es wäre also angezeigt, den Resten der geschlagenen Flotte nach Lanka zu folgen und dort die Stadt einzenehmen. Wie erwartet weigerte sich Aphai:

"Nein, das werden wir nicht. Ich bedaure Usren, den möglicherweise erneut das Schicksal ereilen wird. Welchen Sinn sollten da weitere

Kämpfe haben"?

Als Usren den Bericht Walis hörte, steigerte sich seine Wut und sein Hass bis zur Raserei. Nicht genug, das er erneut eine schmähliche Niederlage hatte einstecken müssen. Nein, nun musste er auch noch mit anhören, wie diese missratene Gestalt sich damit brüstete, seinen Vater vermutlich tödlich verwundet zu haben. Das war mehr, als er zu ertragen vermochte. Er verstieg sich dermassen in morbide Rachephantasien, das sein Herz zu rasen begann. Noch immer stark durch seine Verwundungen geschwächt, wurde sein ganzer Körper schliesslich von Krämpfen geschüttelt und nach kurzem Ringen mit der Natur verlor er auch diesen letzten Kampf. Walis Rechnung war aufgegangen, Prinz Usren war tot und konnte Phalük nicht mehr gefährden.

Aber Wali hatte in ihrer Milchmädchenrechnung die möglichen Konsequenzen nicht berücksichtigt. Der Geist des Toten wanderte von nun an rachedurstig durch den Palast. Schrille Schreie schreckten die Bewohner in der Nacht aus dem Schlaf, forderten Rache für die hinterlistige Tat des verdorbenen Weibes. Eines Abends traf Wali auf den Geist Usrens und rannte zu Tode erschrockem davon. Dieser verfolgte sie durch sämtliche Zimmer des Palastes und versetzte ihr einen Schlag nach dem anderen. Von Angst und Panik zu Tode verängstigt konnte auch die fürsorgliche Anteilnahme Phra Aphai Mani and Suwanmali nicht mehr helfen und sie erlag schliesslich den gleichen Symptomen wie zuvor Usren, dessen Geist spottend und höhnisch gestikulierend den Todeskampf verfolgte.

Phra Aphai Mani und Suwanmali waren von Schmerz und Trauer erfüllt. Sie hatten den Verlust einer wertvolle Beraterin und loyalen Freundin zu verkraften, deren wahren Wert sie zu deren Lebzeiten nie ganz realisiert hatten. Aphai hatte hin und wieder ihren Rat missachtet und seine Frau wurde lange Zeit von Eifersuchtsanfällen gequält. Also beteten beide um Verzeihung und flehten die himmlischen Mächte an, sie möge schöner wiedergeboren werden, als sie es in ihrem letzten, viel zu kurzen Leben war. Zu ihren Ehren wurde eine pompöse Bestattungszeremonie abgehalten und der König erhob sie posthum in den Rang einer Prinzessin. Die Asche des verstorbenen Prinz Usren wurde entsprechend seinem gesellschaftlichen Status in einer goldenen Urne bewahrt und gemeinsam mit den freigelassenen Gefolgsleuten auf die Rückreise nach Lanka geschickt.

Usrens Vater war unterdessen nach einer langen und von Schmerzen begleiteten Seereise nach Lanka zurückgekehrt. Doch alle Anstrengungen der besten Ärzte seines Reiches bewirkten keine Besserung seines kritischen Zustandes und der König versank immer mehr in tiefe Depressionen. Die Ankunft des Schiffes mit der Urne seines Sohnes raubte ihm schliesslich den letzten Lebenswillen.

"Ich habe keinerlei Hoffnung mehr. Ich habe keinen männlichen Erben. Wer soll mein Reich nach mir regieren? Ich habe zwar noch ein Kind, aber sie kann die Herrschaft nicht übernehmen und wird vor Kummer in Tränen ertrinken. Die Götter haben mich verlassen"!

Und mit diesen letzten Worten hauchte der alte König sein Leben aus. Sobald sich die Nachricht vom Ableben des Monarchen im Palast verbreitet hatte, machte sich allgemeine Verzweifelung unter der Entourage breit. Höflinge und Krieger lamentierten gleichermassen über das künftige ungewisse Schicksal Lankas:

"Was wird nun sein, da uns der König und der Prinz allein gelassen haben? Es ist, als seien Sonne und Mond gleichzeitig vom Himmel verschwunden. Und der Himmel hat sich mit dem Meer und der Erde zu einem einzigen Chaos verschmolzen. Oh Du Licht, welches unsere Dunkelheit erhellt hat, jetzt wo Du erloschen bist, versinkt alles in Chaos und Hoffnungslosigkeit"!

Und so waren die ganze Nacht hindurch Klagelieder im gesamten Reich zu vernehmen, düster untermalt durch das donnernde Grollen der aufgewühlten See. Die Versammlung der Noblen und Minister Lankas am folgenden Tag beschloss einstimmig, Prinzessin Laweng in

Ermangelung eines männlichen Nachfolgers auf den Thron zu setzen. Laweng war nach der schrecklichen Nachricht vom unerwarteten Tod des Vaters und des Bruders zunächst in einen komatösen Schlaf gefallen. Doch die erfahrenen Ammen ergriffen gemeinsam mit den Hofärzten die richtigen Massnahmen und alsbald war die Prinzessin wieder soweit hergestellt, das sie den Trauerfeierlichkeiten beiwohnen konnte. Sie kniete vor dem Leichnam des toten Vaters nieder und schluchzte:

"Oh mein geliebter Vater, Du hast Deine Tochter hier allein zurückgelassen und bist mit ihrem Bruder nun im Himmel. An wen soll sie sich nun wenden, um sich Rat zu holen? Es ist die schwierigste aller Situationen für eine junge Frau. Je mehr ich darüber nachdenke, desto leichter fliessen meine Tränen und desto kälter wird es mir ums Herz. Als Mutter starb, hatte ich immerhin noch Dich. Aber da nun auch Du gegangen bist, ist es, als sei das Licht meines Lebens erloschen. Ich habe niemanden mehr, auf den ich mich stützen könnte und ich bete, das Du mich mitnimmst. Ich möchte an Deiner Seite wiedergeboren werden. Ich habe keine Angst zu sterben. Deshalb werde ich mich töten und Dir folgen".

Dann zog sie einen kleinen Dreizack aus dem Ärmel ihres Gewandes und wollte sich diesen in die Brust stossen. Rings herum ertönten die schrillen Schreie der entsetzten Trauergemeinde, aber ihren Ammen gelang es geistesgegenwärtig, der Prinzessin den Dreizack zu entwinden. Laweng machte noch einen letzten verzweifelten Versuch ihn wieder an sich zu nehmen. Erst die eindringlichen und wiederholt laut vorgetragenen Bitten des versammelten Hofstaates, sie möge sich ihrer Verantwortung stellen und das führungslose Land nicht im Stich lassen, brachten sie schliesslich vorläufig zur Vernunft. Auch der Hinweis der Entourage, der Tod des Königs und des Thronfolgers dürfe nicht ungesühnt bleiben, verfehlte seine Wirkung nicht. Dennoch waren die Sorgenfalten auf dem jungen und schönen Gesicht Lawengs nicht zu übersehen und noch einmal trug sie ihre Bedenken vor:

"Über ein Reich zu herrschen kann nur die Aufgabe eines Mannes sein. Ich bin nur eine junge Frau und viele werden mich möglicherweise nicht als Regentin akzeptieren. Also bestimmt einen Mann aus eurer Mitte zum Herrscher von Lanka".

"Aber es gibt ausser Euch niemanden, der die legitime Thronfolge beanspruchen kann. In der Tat, Ihr seid unbestritten eine Frau. Ihr seid aber auch das einzige überlebende Kind unseres verstorbenen Königs. Sollte sich irgendwo im Reich Widerstand gegen Eure Inthronisation erheben, werden wir diesen sofort mit unseren Truppen im Keim ersticken. Und Euer Vater hat Euch das magische Siegel des Rahu[19] hinterlassen, welches Euch vor allen Gefahren schützen wird. Ihr müsst leben und ihr müsst herrschen, nicht zuletzt deshalb, weil der Tod des Königs und des Prinzen von Lanka, also Eures Vaters und Eures Bruders, gerächt werden muss".

"Ich danke Euch allen für Euren Zuspruch, Eure Loyalität meiner Familie gegenüber und für die Bereitschaft, erneut gegen unseren Feind in den Krieg zu ziehen. Mit Eurem Mut und der Hilfe des magischen Siegels von Rahu, welches ich künftig immer mit mir führen werde, werden wir gemeinsam die erlittene Schmach tilgen. Ich bin noch jung und unerfahren in den Angelegenheiten das Reich betreffend und vertraue darauf, das die erfahrensten und fähigsten unter Euch mir mit Rat und Tat zur Seite stehen werden. Aber lasst uns nun zunächst die Toten in Würde und ihrem Rang entsprechend bestatten".

Nachdem die Kremation gemaess den überlieferten Sitten und Gebräuchen durchgeführt worden war, erfolgte im Thronsaal die Krönung Lawengs zur neuen Königin von Lanka. Auf dem Thron

---

[19] Rahu ist im Hinduismus und in der vedischen Astrologie (Jyotisha) einer der Navagrahas, der neun personifizierten Planeten. Rahu verkörpert den achten Planeten. In der indischen Mythologie gehört er zu den Dämonen. Sein Himmelswagen (Ratha) wird acht Rappen gezogen. In der hinduistischen Kosmologie mischte sich Rahu im Kampf zwischen den Göttern (Suras) und den Dämonen (Asuras) unerkannt unter die Götter und so gelang es ihm, einen Tropfen des Unsterblichkeitstrankes Amrita zu trinken. Der Sonnengott Surya und der Mondgott Chandra erkannten ihn und verrieten ihn Vishnu, der darauf mit seinem Diskus Rahu den Kopf abschlug. Da er aber bereits unsterblich geworden war, entstand aus der unteren Hälfte seines Körpers Ketu. Rahu und Ketu erhielten als unsterbliche Wesen einen Platz am Himmel. Seither versucht Rahu sich an Sonne und Mond zu rächen, indem er sie verfolgt und zu verschlingen droht. Wenn es gelingt sie zu verschlingen, entsteht eine Sonnen- oder Mondfinsternis.

sitzend, in der einen Hand das diamantenbesetzte Siegel Rahus und mit der anderen den Griff ihres Schwertes, welches in einer mit Flammen verzierten Scheide steckte, umfassend, wandte sich die neue Herrscherin an den versammelten Adel Lankas:

"Nun, da Wir Eurem Wunsch entsprochen haben, hoffen Wir, das Ihr Eurem gegeben Wort die notwendigen Taten folgen lassen werdet. Trotz der Krone auf Unserem Haupt sind Wir immer noch ein sechszehnjähriges Mädchen und damit in der Kunst des Kampfes und der Kriegsführung völlig unbedarft. Aber die infamen Beleidigungen, die Wir durch Phalük hinnehmen mussten, und das grosse Leid, welches Uns der Feind so herzlos zugefügt hat, zwingen Uns erneut in den Kampf, auch wenn es Uns das Leben kosten mag. Also, Ihr Noblen, sagt Eurer Königin, wie Wir den Feind vernichten werden".

Nach diesen Worten machte sich zunächst allgemeine Ratlosigkeit breit, denn keiner der Anwesenden verfügte über die notwendige militärische Erfahrung oder strategische Expertise, um einen erfolgversprechenden Schlachtplan auszuarbeiten. Selbst die Kommandanten und Offiziere hatten nur Detailkenntnisse, denn die generalstabsmässige Planung eines Feldzuges war seit alters her die vornehmste Pflicht des Königs gewesen. Also sprachen sie:

"Es ist die Aufgabe Eurer Majestät, zu entscheiden und zu befehlen. Ob eine Armee siegreich ist oder unterliegt, entscheidet ausschliesslich die Person, in dessen Händen der Oberbefehl und damit auch die Verantwortung liegt. Aber Eure Majestät kann sich jederzeit an den Vater aller Mönche[20] wenden. Dessen Weisheit umfasst alle Bereiche unseres irdischen Daseins, auch die der Kriegskunst. Wenn Eure Majestät sich vor einer Entscheidung nicht ganz sicher sind, wird er Euch sein gesamtes Wissen zur Vefügung stellen".

---

[20] Referenziert wird hier auf den Obersten Mönchpatriarchen, im heutigen Thailand der *Somdet Phra Sangkharat* (สมเด็จ พระสังฆราช), welcher dem buddhistischen Orden, in Thailand (พระสงฆ์) genannt, vorsteht.

Laweng liess dem Patriarchen sogleich zu sich rufen, empfing ihn mit allen Ehren und bewirtete ihn mit Wein, Tee und Tabak. Nach dem die, durch das Hofprotokoll festgelegten formellen Höflichkeitsbekundungen, ausgetauscht waren, schilderte Laweng ihre Situation und bat den weisen Alten um Rat. Der Patriarch schien nicht im Mindesten besorgt und lächelte die Sorgen fort:

"Dergestalt ist die rätselhafte Hand des Schicksals. Zwischen Lipp' und Kelchesrand, schwebt der dunklen Mächte Hand[21]. Phalük wusste einst, sich seiner Feinde zu erwehren. Aber nun wird das Reich von einer Frau regiert und das ist eine völlig neue Situation. Denn eine Frau kann dort siegen, wo die Männer versagt haben. Du must Dich auf die Waffen der Frau besinnen; die Listen eines klugen Weibes sind allemale wirkungsvoller als das magische Siegel des Rahu. Folge meinen Rat und niemand wird es wagen, auch nur einen Finger gegen Dich zu erheben".

Laweng beeindruckte zwar das Auftreten des Patriarchen, der Sinn seiner Worte wollte sich ihr allerdings nicht erschliessen.

"Ich bin noch jung an Jahren, bitte sagt mir, was sind denn die Waffen der Frau und welche Listen soll sie anwenden"?

Wieder lächelte der weise Alte und verwirrte sie mit einer weiteren verklausulierten Antwort:

"Die Waffen der Frau arbeiten mit Listen und die Listen arbeiten für die Waffen der Frau. Deshalb gehen sie Hand in Hand, ja sie bedingen einander. Du hast nichs zu befürchten, solange Du dieses nicht vergisst".

Mit diesen Worten erhob sich der Patriarch und die Bitten um eine Erklärung seiner mystischen Botschaft ignorierend, begab er sich zurück in seine Klausur. Laweng zerbrach sich den Kopf, doch

---

[21] Sinngemässe Übersetzung des alten siamesischen Sprichwortes: เรือล่มเมื่อจอดคาบอดเมื่อแก่ (wörtlich: Das Schiff sinkt beim Ankern, der Mann erblindet im Alter)

aufgrund ihrer jugendlichen Unbedarftheit kam sie zu keinem Ergebnis. Erschöpft vom langen Sinnieren begab sie sich in ihre Gemächer und ging zu Bett. Vom ersten Tag ihrer Regentschaft an versäumten die Noblen Lankas nicht, sie immer wieder daran zu erinnern, dass das Reich noch eine offene Rechnung mit Phalük habe, die es zu begleichen galt. In ihren Ohren hämmerten die wiederholten Erinnerungen an den Vater und Bruder, die so schmählich Gemeuchelten. Sie zermarterte ihr unschuldiges Hirn auf der Suche nach der Lösung des Rätsels, welches der Patriarch ihr aufgegeben hatte und bis tief in die Nacht war ihr anhaltendes Seufzen im Palast zu vernehmen. Schweren Herzens legte sie sich nieder und sobald der Morgen graute, begann die Tortur aufs Neue. Ihre Kammerzofen und Ammen waren zunehmend besorgt, den die rastlose verzweifelte Suche nach der Lösung begann zunehmend, die Gesundheit der Königin zu beeinträchtigen. Also rieten ihr die Hofdamen dringend, noch einmal den Patriarchen aufzusuchen. Er sei der einzige, der Licht in das Dunkel bringen könne.

Laweng gab schliesslich nach und in Begleitung ihres Hofstaates machte sie sich auf den Weg. Zunächst passierte sie einen wunderschönen Garten mit seltenen, duftenden Blumen. Dann stiegen sie eine lange, gewundene Treppe hinauf und gelangten schliesslich an das Eingangstor des Tempels. Nachdem ein Gong dreimal geschlagen und dadurch ihre Ankunft avisiert worden war, kam ihnen der Patriarch entgegen. Er bat die Königin herein und beide nahmen im Ubosot[22] des Tempels Platz.

"Was bringt Dich zu mir, mein Kind"?

"Meister, ich komme um Eure Hilfe zu erbitten, für die ich ohne zu zögern mein Leben geben würde. Bitte erklärt mir den Sinn Eurer Worte als ihr von den Waffen und Listen der Frau spracht. Und sagt, warum diese wirkungsvoller und mächtiger sein sollen als das magische Siegel des Rahu. Erklärt mir bitte, was das alles zu bedeuten

---

[22] Der Ubosot (พระอุโบสถ) ist das heiligste Gebäude in einem Wat, einer buddhistischen Tempelanlage in Thailand. Der Begriff stammt von dem Wort *uphosathagara* aus der Pali-Sprache, meistens wird es zu „Bot" verkürzt. Hier werden die künftigen Mönche ordiniert und halten ihre wichtigen Zeremonien ab.

*hat, das Volk erwartet von mir, das ich endlich Massnahmen ergreife,
den Tod meines geliebten Vaters zu rächen".*

Der Patriarch räusperte sich verhalten, senkte die Stimme und
antwortete in vertraulichem Ton:

*"Du must wissen, mein Kind, das das magische Siegel des Rahu,
welches unser Land seit langem beschützt hat, Gegenstand des
allergrössten Neides unserer Nachbarn ist. Es gibt keinen Herrscher in
der uns bekannten Welt, der nicht alles wagen würde, um in den
Besitz des Siegels zu gelangen. Lass' also verlautbaren, das derjenige,
der Lanka zum Sieg über seine Feinde verhilft, auch sein neuer König
werden wird. Du wirst sehen, es wird nicht an mächtigen Fürsten
mangeln, die um die Ehre buhlen werden, für Lanka zu streiten. Was
die besagten Waffen einer Frau betrifft, so rate ich Dir, sei klug wie
Mani Mekkhala[23]. Beauftrage den besten Maler Lankas Portraits von
Dir zu erstellen und schicke diese an die Höfe unserer Nachbarländer.
Du wirst sehen, es werden viele Regenten bereit sein, für Deine Liebe
in den Kampf zu ziehen. So kannst Du Dein Ziel erreichen, ohne das
Leben Deiner eigenen Untertanen zu opfern".*

Der weise Alte erhob sich und aus einem Schrank entnahm er einige
Landkarten. Bevor er sie Laweng gab, zeigte er ihr noch die einzelnen
Nachbarländer und erklärte ihr die jeweilige Situation dort.
Schliesslich vertraute er ihr noch das geheime Rezept für einen
magischen Liebestrank am, dessen Wirkung unfehlbar war und
mahnte Laweng, die Rezeptur gründlich zu studieren und
genauestens zu befolgen. Dann sei der Trank derart wirkungsvoll, das
sich auch der willensstärkste Mann bereits bei einem Blick auf ihr
Portrait unsterblich in sie verlieben werde. Laweng missfiel diese
Scharade, aber der schlaue Patriarch versicherte ihr, das sie selbst
keiner Gefahr ausgesetzt sei, solange sie sich nicht in eines ihrer
Opfer verliebe.

---

[23] (มณีเมขลา) Eine Göttin aus der hinduistisch-buddhistischen Mythologie. Sie gilt als Meeresgöttin, die rechtschaffene und
tugendhafte Menschen aus Seenot rettet. In der Mahajanaka-Jataka rettet sie beispielsweise den schiffbrüchigen Prinzen
Mahajanaka.

Laweng kehrte erleichtert und frohen Mutes in den Palast zurück. Sie zog sich sofort in ihre Gemächer zurück und begann augenblicklich, die ihr überlassenen Landkarten sowie die Rezeptur für den magischen Liebestrank gründlich zu studieren. Dessen Zusammensetzung mutete ein wenig seltsam an: diverse Sorten von Parfüm und das Auge eines lüsternen Weibes. Sie bereitete den Trank sorgfältig zu und achtete darauf, sich ganz genau an die Anleitung zu halten. Dann gab sie den Befehl, die hundert schönsten Frauen des Landes in ihren Palast zu bringen: diese sollten sie in die Geheimnisse der weiblichen Verführungskünste unterweisen. In einer weiteren Order befal sie, 3000 Frauen Lankas in der Kunst des Bogenschiessens auszubilden und alle wehrfähigen männlichen Bewohner einer militärischen Grundausbildung zu unterziehen. Nachdem diese Vorbereitungen abgeschlossen waren, sandte sie die Botschafter mit ihrem Portrait in alle Himmelsrichtungen.

Bald darauf erreichte einer der Gesandten das Land der Tamilen, eine kräftige Rasse, die ihre Stärke darauf zurückführte, das sie sich anstelle von Reis ausschliesslich von Fleisch ernährte. Der König der Tamilen wurde Laman genannt. Dieser betrauerte gerade den Verlust seiner geliebten Frau, die kurz zuvor gestorben war. Immer wieder klagte er:

"Ich werde niemals wieder eine Frau finden, die nur halb so gut ist wie jene, die mich viel zu früh verlassen hat. Auch wenn es tausende Frauen gibt, keine wird ihr auch nur annähernd gleichen".

In der Nacht vor dem Eintreffen des Botschafters aus Phalük hatte Laman einen merkwürdigen Traum. Eine riesige Schlange fiel vom Himmel und wand sich um den Palast, spie Feuer wie ein Drache, bis alles in Schutt und Asche lag. Als er erwachte, war ihm sofort bewusst, das die Schlange eine Frau symbolisierte und er begann sich zu fragen, welche Frau es wohl sei, die seine Königin werden sollte. Er rief die Brahmanen des Hofes zu sich, die seine Vermutung bestätigten und ihm mitteilten, er werde in Kürze wieder eine Frau an seiner Seite haben. So kam es, das dem Botschafter Phalüks sofort eine Audienz gewährt wurde. Der Gesandte überreichte ein Schreiben und das Portrait Lawengs und sobald Lamans Blick auf das Bild fiel, konnte er sich nicht mehr davon lösen und verlor schliesslich das Bewusstsein. Wieder bei Sinnen stellte er dem Botschafter viele Fragen und dessen Antworten erfüllten den Herrscher der Tamilen mit grosser Hoffnung.

"Das Schicksal scheint mir heute besonders gewogen zu sein. Der Gedanke, das diese schöne junge Frau und ihr Reich bald Uns gehören könnten, ist doch sehr verlockend. Sagt mir Botschafter, warum sucht Eure Königin einen Gemahl in unserem Land? Im Allgemeinen werden wir von unseren Nachbarn als grausame Barbaren betrachtet, die man fürchtet aber nicht besonders schätzt. Also sagt mir, warum fürchtet sich Laweng nicht davor, sich mit uns zu vereinen"?

Der mit allen diplomatischen Wassern gewaschene und erfahrene Gesandte war natürlich auf diese Frage vorbereitet und antwortete im Brustton der Überzeugung:

"Königliche Hoheit, auch der grausamste Tiger frisst nicht seine eigene Familie. Mit Euch an ihrer Seite wird meine Königin sich nicht mehr fürchten, sondern gefürchtet werden".

Laman nahm das Portrait und presste es gegen seine Brust. Er konnte nicht anders, als es Tag und Nacht anzustarren und sprach zu niemanden mehr ein Wort. Schliesslich gab er den Befehl, unverzüglich die Flotte Tamils seeklar zu machen, um so schnell wie möglich nach Lanka zu segeln. Immer wieder das kleine Portrait küssend, wünschte er fliegen zu können, um schneller bei ihr zu sein. Als Laweng die Nachricht von der bevorstehenden Ankunft Lamans erhielt, durchfuhr sie zunächst eine Welle der Furcht und Unsicherheit. Aber der Gedanke, das er sich in sie verliebt haben müsse und ihr deshalb keine Gefahr drohe, beruhigte sie wieder. Gefasst befahl sie, alles für die Ankunft des tamilischen Herrschers vorzubereiten.

Am Tag der erwarteten Ankunft Lamans verwendete Laweng sehr viel Zeit und Aufmerksamkeit auf ihr Äusseres. Sie badete ausgiebig in mit duftenden Blumenblueten vorbereitetem Wasser, applizierte ihr bestes Parfüm, liess sich von den Hofdamen aufwendig schminken und und legte danach ihr kostbarstes Kleid an, welches mit Edelsteinen besetzt war. In der Tat, als sie schliesslich ihren Platz im Thronsaal einnahm, waren alle Anwesenden der Meinung, sie sei ein Geschenk der Götter für jeden Mann.

Das Geräusch der Trommeln und Gongs wurde zunehmenden lauter. Auf der mit Flaggen geschmückten Strasse, die zudem mit einem weissen Tuch zu Ehren der Gäste bedeckt war, näherte sich der Tross der Tamilen. Mit seinem eindrucksvollen Gefolge betrat Laman schliesslich den Palast. Angesichts der strahlenden Schönheit dort vor ihm auf dem Thron verharrte er regungslos und verlegen lächelnd. Die Männer seines Gefolges indessen wandten ungeniert ohne zu zögern ihre ganze Aufmerksamkeit den versammelten Hofdamen zu. Diese waren zuvor von Laweng genauestens instruiert worden und mit süssem Lächeln und verführerischen Blicken hatten sie alsbald die Herzen der Tamilen entflammt. Laweng unterdrückte einen leichten Schauer, der ihr den Rücken hinunterlief, als sie die muskulöse aber grobschlächtige Gestalt des tamilischen Herrschers vor sich sah. Dennoch war es ein Gebot höfischer Etikette, den Gast entsprechend dem Protokoll und seinem Rang gebührend zu begrüssen.

"Seid mir gegrüsst, mein königlicher Bruder, und nehmt meinen Dank entgegen, das Ihr Euch so schnell auf den Weg gemacht habt. Mein Wunsch ist damit in Erfüllung gegangen. Ich denke, Ihr seid künftig mein Schutz und Schild in schwerer Zeit".

"Königliche Schwester, sobald ich die Nachricht von Eurer Bedrängnis erhielt, entschloss ich mich umgehend, Euch von allen Feinden und Sorgen zu erlösen. Ich werde Euch zu meiner Kaiserin in unserem künftigen Grossreich erheben. Eure Widersacher werden vor Euren Füssen im Staub kriechen. Wenn sie sich weigern, wird mein Schwert sie eines Besseren belehren. Sagt mir nun wo Phalük liegt und ich *werde dorthin gehen und Euch den Kopf dieses Aphai als Hochzeitsgeschenk zurückbringen".*

"Ihr habt eine weite Reise hinter Euch und müsst müde sein. Gewährt Euren Männern zunächst ein wenig Rast und Zerstreuung".

Während des anschliessenden Festmahls, dem insbesondere die Tamilen in gewohnter Manier ausgiebig zusprachen, erzählte Laweng ihrem Gast die ganze Geschichte vom Krieg mit Phalük und wie Phra Aphai Mani Tod und Verderben über ihren Vater, Bruder und ihr ganzes Reich gebracht habe.

"Wenn Ihr wirklich so tapfer und mutig seid, wie Ihr erscheint, so müsst ihr mir helfen, ihn zu vernichten. Wenn Euch das gelingt, gehöre ich, Lanka und das magische Siegel Rahus Euch".

Das Fest nahm seinen munteren Fortgang und die anwesenden Damen sorgten dafür, das die Becher der Gäste stets mit den feinsten Weinen gefüllt waren und tanzten und sangen zu deren grosser Freude und Begeisterung. Die eher schlichten Gemüter der Tamilen waren angesichts dieser für sie bis dato unbekannten Lustbarkeiten überwältigt. Die Völlerei nahm kein Ende und auch Laman stieg schliesslich der viele Wein zu Kopf. Im durch den Rausch verursachten Überschwang der Gefühle begann er damit zu prahlen, das er die ganze Bevölkerung Phalüks abschlachten und ihr Fleisch den wilden Tiere des Dschungels vorwerfen werde. Seine Männer, mittlerweile ebenfalls voll des guten Weines, johlten vor Begeisterung und begannen, die rauen und unziemlichen Lieder der Soldaten zu singen. Einige von ihnen hatten sich bereits eine der Palastdienerinnen gegriffen und das Lachen und Lärmen des rauschenden Festes war bis in die Stadt zu vernehmen. Erst spät am Abend ging das Fest zu Ende und die Tamilen begaben sich zurück in ihr Lager, das sie vor den Stadttoren aufgeschlagen hatten. Dort fielen die meisten von ihnen weinseelig in einen tiefen Schlaf, aus dem sie erst am nächsten Morgen durch das Wecksignal gerissen wurden.

Laman selbst verbrachte die Nacht in einem speziell für ihn errichteten Pavillon. Lange Zeit fand er keinen Schlaf, weil er sich nach Laweng verzehrte. Und als er schliesslich doch den Anstrengungen der Reise und Folgen des ausgiebigen Weinkonsumes Tribut zollen musste, träumte er seelig von einer rosaroten Zukunft mit der schönen Königin Lankas.

Mit schwerem Kopf aber fröhlichen Herzens versammelte Laman am kommenden Tag seine Kommandeure zur Lagebesprechung. Alle waren sich einig, das man nur im Falle des Sieges nach Lanka zurückkehren könne. Man begann, einen Schlachtplan auszuarbeiten und die Offiziere erhielten Befehl, ihre Truppen zu inspizieren und die Schiffe gefechtsklar zu machen. Inspiriert von den Eindrücken des pompösen Gelages des Vortages entschloss sich der tamilische König, den Damen Lankas seine maskulinen Qualitäten zu offenbaren. Er stieg in ein für ihn ungewohntes parfümiertes Bad und legte sein bestes Gewand an. Darüber trug er seine etwas altmodische, aber mit Edelsteinen besetzte Rüstung. Als Kopfbedeckung wählte er eine goldene Kappe, aus deren Mitte sich ein weisser Federbusch erhob. Dann begab er sich, seinen Bogen in der Hand, in den Palast.

Laweng hielt gerade eine Audienz ab und als sie Laman erblickte, bat sie ihn, an ihrer Seite Platz zu nehmen und sprach im schmeichlerischen Ton zu ihm:

"Ich fühle mich schuldig an Eurem bedauernswerten Schickal, mein königlicher Bruder. Ihr habt alles was ihr begehrt und benötigt bereits in Eurem Reich. Nun seid Ihr zu Uns gekommen und seht Euch grossen Mühen und künftigen Gefahren ausgesetzt".

Mit diesen Worten überreichte sie dem Tamilen eine Girlande aus kostbaren Blumen. Überwältigt von seinen romantischen Empfindungen brach es aus Laman heraus:

„Hegt keinerlei Zweifel an mir, königliche Schwester, ich werde für Euch bis zu meinem letzten Blutstropfen streiten. Noch heute Abend *setzen wir die Segel mit Kurs auf Phalük und werden Euren Feind vernichten. Ich fürchte die Gefahr nicht und bin als Krieger an Entbehrungen im Feld gewöhnt. Ich lege Euch mein Leben zu Füssen".*

Bereits ein kleines Lächeln auf Lawengs Lippen genügte, um ihn in euphorische Stimmung zu versetzen. Vorgebend, das die bevorstehende Abreise und drohenden Gefahren sie traurig stimmten, seufzte sie gekonnt und antwortete zögerlich mit tiefer Stimme:

"Ich habe noch einmal über alles nachgedacht. Vielleicht reichen Eure Truppen alleine nicht aus, um den Sieg zu erringen. Ich werde eine eigene Armee ausheben, die Euch in der Schlacht gegen Phalük unterstützen wird".

"Das ist nicht notwendig, wir schaffen das auch allein. Ich habe Euch bereits mehrfach versichert, ich werde jeden vernichten, der es wagt, meiner königlichen Schwester die Stirn zu bieten".

Die Königin wies daraufhin lediglich eines ihrer Schiffe an, die Flotte der Tamilen nach Phalük zu führen, dort die Ereignisse zu verfolgen und danach mit einem Bericht über den Ausgang des Krieges schnellstmöglich nach Lanka zurückzukehren. Als der Zeitpunkt der Abreise gekommen war, bat Laweng um himmlischen Beistand für die Mission Lamans:

"Sobald die Schlacht geschlagen und der Krieg gewonnen ist, kehrt schnellstens nach Lanka zurück, ich werde voller Ungeduld auf Euch warten".

Mit grossem Pomp wurde die tamilische Armada aus Lanka verabschiedet. Die Anker wurden gelichtet, die Trommeln gerührt, der Hafen dröhnte vom Schlagen der Gongs und alle Glocken der Stadt läuteten Sturm. Der ablandige Wind blies in die vollen Segel und schon bald war das letzte Schiff hinter dem Horizont verschwunden. Auch in diesem Fall hatte ein Spion Phra Aphai Mani

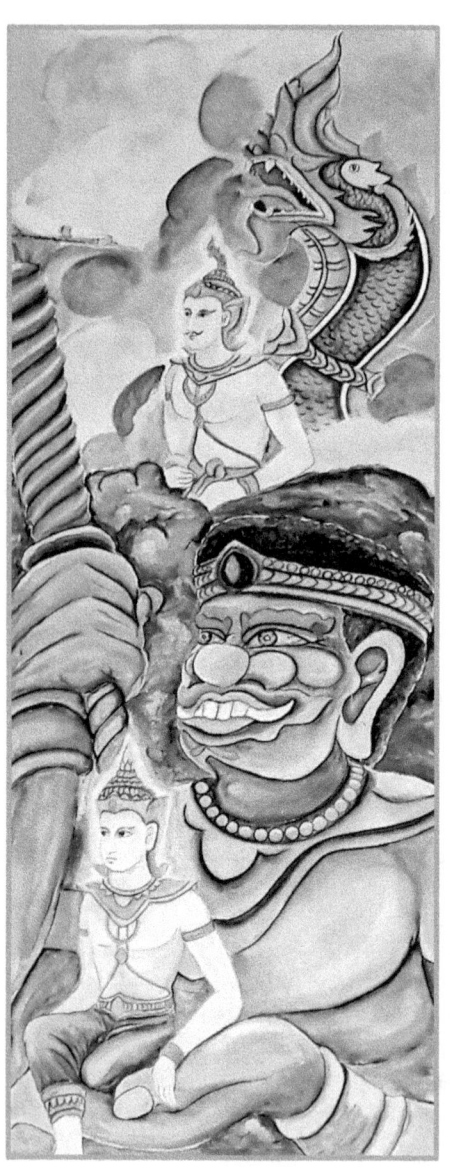

von der bevorstehenden Invasion berichtet und nachdem er Kriegsrat gehalten hatte wurde beschlossen, die gleiche Taktik anzuwenden, die sich gegen die Armee Lankas so gut bewährt hatte. Wieder wurde die nicht wehrfähige Bevölkerung vorsorglich ins Landesinnere evakuiert, wobei sämtlicher Hausrat und das gesamte Vieh mitgeführt wurde. Die Männer erhielten den Befehl, grosse eiserne Käfige zu bauen, in denen man die gefangenen Tamilen einkerkern wollte. Jeder Krieger musste eine schwere Eisenkette schmieden, mir der sie die körperlich überlegenen bärtigen Krieger des Feindes fangen sollten.

Eines Morgens erreichte die Flotte schliesslich die Bucht von Phalük. Von der Kommandobrücke seines Flaggschiffes bot sich Laman ein Bild völliger Konfusion und wilder Panik an Land. Einwohner rannten aufgeregt hin und her und trieben in grosser Hast ihr Vieh aus der Stadt. Dieser nahm an, er habe den Feind völlig unvorbereitet angetroffen und das deshalb kein oder allenfalls nur sehr geringer Widerstand zu erwarten war. Er befahl eine Kompanie seiner Bogenschützen an Land. Unter klingendem Spiel und ihren flatternden grünen und gelben Bannern marschierte diese bis an die Stadtmauer, wo sie allerdings zu ihrer Überraschung auf eine kampfbereite Truppe in scharlachroten Uniformen traf, die heftig Widerstand leistete. Laman brach den Angriff ab und schickte einen Parlamentär mit einer klaren Botschaft vor das Stadttor:

"Ihr Männer von Phalük! Mein Herr Laman, der mächtige und unbesiegbare König der Tamilen, bekannt im ganzen Erdkreis als ebenso tapfer wie gnadenlos, ist mit seiner Armee gekommen, um die dem Reich von Lanka zugefügte Schmach zu tilgen. Wenn Phra Aphai Mani irgend etwas am Leben seiner Familie und das seiner Untertanen liegt, so möge er herauskommen und sich der Gnade meines Herrn unterwerfen, der über sein weiteres Schicksal befinden wird. Sollte er dieser Aufforderung nicht nachkommen, werden wir die Stadt dem Erdboden gleichmachen und unsere Rache wird selbst vor den Wiegen Eurer Kinder nicht haltmachen. Sagt Eurem Herrn, das sind die Worte Lamans des Grossen"!

Die Botschaft wurde sogleich Phra Aphai Mani überbracht, der allerdings nicht im Geringsten beunruhigt war. Er wies lediglich seine Offiziere an, bis zum Einbruch der Dunkelheit auf seinen Befehl zu warten. Sobald die Siegesflagge gehiesst werde, sollten die Krieger Phalüks mit ihren schweren Ketten die Stadt verlassen und damit die bärtigen Riesen in Eisen legen. Dann befahl er, das alle sich die Ohren mit Wachs zu verschliessen hätten. Er entliess seine Kommadeure, inspizierte vorsorglich noch einmal die Befestigungsanlagen und beobachtete aufmerksam das geschäftige Treiben des Gegners vor der Stadt.

Nach Einbruch der Nacht nahm Phra Aphai Mani seelenruhig in seinem Befehlsstand auf dem Verteidigungswall Platz und nachdem er wie üblich seinem ehemaligen Lehrer durch mehrfache Verbeugungen seinen Respekt bekundet hatte, holte er seine Flöte hervor und begann mit dem Spiel seiner magischen Melodien. Diese hatten keinen Effekt auf seine eigenen Truppen, deren Ohren ja befehlsgemäss mit Wachs vorher versiegelt worden waren. Die leichte Abendbrise wehte die einschmeichelnden Klänge ins Lager der Tamilen hinüber und sobald diese zu lauschen begannen, fiel einen nach dem anderen in einen tiefen Schlaf. Als Aphai dies sah, befahl er die Siegesflagge zu hissen. Mit einem freudigen Hurrah! stürzten die Krieger Phalüks mit ihren Ketten aus dem Stadttor und im Nu lag die komplette Armee Tamils gefesselt am Boden. Die bewusstlosen Gefangenen wurden nach und nach in die Stadt gezogen, wo sie in den vorbereiteten massiven eisernen Käfigen eingesperrt wurden. Auch Laman erlitt das gleiche Schicksal, allerdings war für ihn ein spezieller Käfig bereitgestellt worden, der besonders streng bewacht wurde.

Nachdem die Operation erfolgreich abgeschlossen war, rief Phra Aphai Mani seine Offiziere zu sich und schärfte ihnen ein, äusserst wachsam und vorsichtig zu sein, da zu erwarten stand, das die riesigen Tamilen nach dem Aufwachen in ihren Käfigen vor Wut rasen würden, wie frisch eingefangene wilde Elephanten in ihrem Kral. Er rechnete mit mindestens zwei Tagen, bevor sie sich einigermassen beruhigt haben würden. Dann begab er sich in seinen Palast und legte sich zur Ruhe.

Wie erwartet begannen die Männer Lamans gleich nach dem Aufwachen wie wahnsinnig an den Ketten und den Gitter zu reissen und stiessen dabei wilde Flüche und Beleidigungen aus. Einigen von ihnen gelang es fast sogar, die Gitterstäbe auseinanderzubiegen und nur mit vereinten Kräften gelang es, sie mit einer zweiten Kette unschädlich zu machen. Die Wachposten kamen auch nicht umhin, den besonders Widerspenstigen unter ihnen, hin und wieder eins mit dem Knüppel überzuziehen.

Laman war angesichts seiner aussichtslosen Lage besonders niedergeschlagen, machte sich selber die grössten Vorwürfe und lamentierte in einem fort:

"*Was ist das nur für ein grausames Schicksal, das mich in den Schlaf fallen und dadurch in die Hände meines Feindes fallen lässt? Wie soll ich ihn so noch zum Kampf stellen und ehrenvoll besiegen können? All die Mühen und Kosten, die ich aufgewendet habe, meine Armee auf die lange Reise zu schicken, nur um für einen geliebten Menschen Rache an dessen Feind zu nehmen! Was wird nun aus Laweng werden? Sie wartet dort im fernen Lanka vergeblich auf eine Nachricht von meinem Sieg. Es scheint mir nicht bestimmt, liebste Laweng, das ich Dich mein Eigen nennen darf! Aber auch wenn ich sterben sollte, ich werde Dich niemals aufgeben. Sollte Dich jemals ein anderer Mann für sich beanspruchen, wird mein Geist ihm sein Genick brechen*".

Wiederholt verfluchte er sein Schicksal und forderte die Wachen auf, ihn zu töten. Als diese nicht reagierten, fiel ihm wieder das Portrait ein, das sich immer noch in seinem Besitz befand. Mit heissen Tränen betrachtete er das Bild der Angebeteten und sein Stöhnen und Jammern war derart penetrant, das schliesslich die Wachen herbeikamen, um nach dem Rechten zu sehen. Als sie den Käfig erreicht hatten und einen Blick auf das Bild Lawengs erhaschten, waren sie ebenfalls fasziniert von der Schönheit der ihnen unbekannten jungen Frau. Laman bemerkte die bewundernden Blicke und eifersüchtig verbarg er das Bildnis schnell wieder in seiner Brusttasche. In der Nacht frischte es zunehmend auf und als der Morgentau seine Stirn mit angenehmer Kühle netzte, schlief er schliesslich erschöpft ein. Darauf hatten die Wachen nur gewartet. Sie öffneten den Käfig, nahen das Portrait aus der Jackentasche und brachten es triumphierend zu Phra Aphai Mani.

Dieser hatte sich bereits früh erhoben und gab gerade seine erste Audienz des Tages, als die Soldaten hereinplatzten und ihm aufgeregt das Bild gaben. Ein Blick genügte und Phra Aphai Mani war wie vom

Donner gerührt. Ein seltsames Gefühl machte sich in ihm breit und er wendete seinen Blick ab.

"Das ist also der Preis, für den der verrückte Tamile sein Leben aufs Spiel gesetzt hat. Bringt den Gefangenen zu mir"!

Während die Wachen sich auf den Weg machten, Laman aus dem Käfig zu holen, fiel der Blick Aphais erneut auf das Portrait Lawengs und er begann sich langsam zu fragen, ob auch er bereit wäre, für sie in den Kampf zu ziehen. Der stolze Laman stand kurz darauf vor ihm, aber konnte nicht dazu bewegt werden, auch nur auf eine der vielen Fragen eine Antwort zu geben. Man brachte ihn in seinen Käfig zurück und Phra Abhai Mani teilte seinen Offizieren mit, das er sich entschlossen habe, Laman nicht zu gestatten, in seine Heimat zurückzukehren. Stattdessen werde man ihn und seine wichtigsten Gefolgsleute auf einer unbewohnten Insel aussetzen, die weitab von allen bekannten Schiffsrouten läge. Gesagt, getan. Laman und seine Gefolgsleute wurden auf einem Eiland in der Mitte des Meeres ausgesetzt, die zwar unbewohnt war, aber genügend Nahrung und Trinkwasser zum Überleben bot. Dort überliess man sie ohne weiteren Aufhebens ihrem künftigen Schicksal. Der Lebenswille Lamans war allerdings gebrochen und er sah keinen Sinn darin, für den Rest seines Lebens auf dieser verlassenen Insel dahin zu vegetieren. Von tiefen und anhaltenden Depressionen gepeinigt fiel er schliesslich ins Koma, aus dem er nicht mehr erwachte. Sein Geist verliess die sterbliche Hülle und kehrte nach Phalük zurück. Und dort fand er schliesslich Unterschlupf just in jenem Medaillon, welches bis vor kurzem sein wertvollster Besitz war.

--- *Ende Kapitel 8* ---

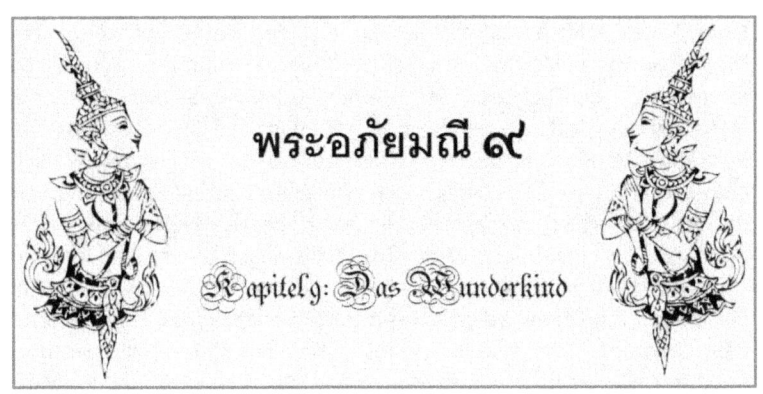

พระอภัยมณี ๙

Kapitel 9: Das Wunderkind

Während Phra Aphai Mani all diese Abenteuer und Gefahren zu bestehen hatte, lebte seine einstige Geliebte, die Nixe Nang Nüak auf der magischen Insel Ko Käo Phitsadan mit ihrem Sohn Sud Sakhon. Da es sich bei dem Knaben um keinen gewöhnlichen Sterblichen handelte, entwickelte er sich rasend schnell, sowohl körperlich als auch geistig. Im Alter von nur zehn Monaten besass er bereits die Reife eines Zehnjährigen und war nicht länger auf die Mutter angewiesen, wenn es um den Lebensunterhalt ging. Der Not gehorchend stimmte Nang Nüak nach anfänglichem Zögern dem Wunsch des Knaben zu, sich in die Obhut des weisen Eremiten Joki zu begeben. Joki nahm den Knaben gerne zu sich und fütterte ihn mit wilden Bananen und Kuhmilch, so das der Bursche bald vor Kraft und Gesundheit nur so strotzte.

Der Kanabe verbrachte einen Grossteil des Tages damit, in der Nähe der Höhle herumzutollen, Kühe und Büffel zu jagen um anschliessend auf ihnen zu reiten. Gelegentlich stieg er hinunter zu der kleinen Bucht, wo er mit den Fischen und anderen Meeresbewohnern spielte und der Eremit rief oft vergeblich nach ihm, wenn er mal wieder die Zeit vergessen hatte. Aber der weise Alte bestand auch darauf, das der Junge lesen und schreiben lernte, lehrte ihn für sich selbst zu sorgen und unterwies ihn auch in den Kampfkünsten.

Eines Tages schlich sich der Knabe aus der Höhle, während sein Meister in tiefer Meditation versunken war. Er rannte wie so häufig hinunter an den Strand der kleinen Bucht und beschloss, ein erfrischendes Bad zu nehmen. Nach einiger Zeit bekam er die Rückenflosse eines grossen Fisches zu fassen und schwang sich begeistert auf dessen Rücken. In Windeseile pflügten die beiden durchs Wasser. Schon nach kurzer Zeit hatten sie sich weit von der heimatlichen Insel entfernt. Urplötzlich sah Sud Sakhon ein Ungeheuer vor sich, welches er noch nie zuvor gesehen hatte. Ein gewaltiges schwarzes Seepferd mit dem Gesicht eines Drachen und dem Schwanz einer Wasserschlange stieg aus den Wellen empor. Verspielt wie er war, ergriff der Knabe den Schwanz der Kreatur. Blitzschnell fuhr das Drchenpferd herum und packte den Jungen mit seinem riesigen Maul. Mit den ihm innewohnenden vereinten übernatürlichen Kräften gelang es ihm, sich aus den Fängen der Bestie zu lösen und sich auf dessen Rücken zu schwingen. Wütend fauchend versuchte das Ungeheuer, den frechen Burschen wieder abzuschütteln, doch weder das Untertauchen, Hin-und-Her-Rollen, Buckelmachen oder Schläge mit dem Schwanz waren von Erfolg gekrönt. Immer wieder gerierte sich die Kreatur wie ein bockiges Pferd, aber der Knabe liess nicht locker und gegen Abend erlahmten selbst die Kräfte des riesigen Monsters. Sud Sakhon nahm dies als Zeichen, das das Pferdchen nicht mehr spielen wollte und da er ohnehin eine Standpauke des Meisters wegen seines erneuten Ausbüxens befürchtete, schwamm er schnell zur Insel zurück. Dort angekommen, schilderte er dem Alten atemlos sein neuestes Abenteuer.

Aufgrund der Beschreibung des Jungen wusste der Eremit sofort, das es sich bei der Kreatur um eine Paarung zwischen einem Drachen und einem Pferd handeln musste. 'Wie verlockend ist der Gedanke', so sinnierte er, 'diese Kreatur zu zähmen um dem Knaben künftig als Reittier und Gefährte zu dienen'. Er erklärte Sud Sakhon, wie er sas Ungeheuer ohne grössere Anstrengungen einfangen und anschliessend mit Hilfe diverser magischer Formeln ruhig gestellt und gezähmt werden könne. Der Junge gab sich alle Mühe, die

kommplizierten Zaubersprüche auswendig zu lernen und schlief bald darauf ein.

Frühmorgens am nächsten Tag griff sich der Knabe ein Seil, rannte hinunter zun Strand, wo ihn schon der befreundete Fisch zu einem weiteren Wellenritt erwartete. Hinter der schäumenden Brandung hatten sie alsbald das schwarze Seepferd entdeckt, welches vergnügt auf den Wellenkämmen hüpfte. Sich von hinten unbemerkt nähernd sprang der Knabe blitzschnell hoch und klammerte sich an die herabhängenden Lefzen der Kreatur. Mit wütendem Gebrüll schleuderte diese den Jungen ins Meer und während sie mit dem Schwanz heftig das Wasser peitschte, versuchte sie immer wieder, ihm mit ihrem Maul zu schnappen. Unerschrocken griff Sud Sakhon erneut in die Lefzen und den Moment der Verwirrung nutzend, band er das mitgebrachte Seil um den muskulösen Hals. Dann sprang er zurück auf den Rücken des Ungeheuers und wiederholte in schneller Folge sieben Mal die magischen Formeln, die ihm der Meister am Vorabend gelehrt hatte. Urplötzlich schien der Widerstand gebrochen, das schwarze Drachenpferd verharrte regungslos. Sud Sakhon blies sechs Mal auf den Kopf der Kreatur und bemerkte, das es nun gezähmt und bereit war, seinen Befehlen zu folgen. Im Überschwang kindlicher Freude flog er der Küste entgegen und schon kurze Zeit darauf galoppierte er den Hügel hinauf zur Höhle des Eremiten.

Der Eremit war gerade mit dem Stutzen seines stattlichen Bartes beschäftigt, als er den herangaloppierenden Burschen bemerkte. Hocherfreut und erleichtert nahm er zur Kenntnis, das der Knabe die Kreatur gezähmt und seinem Willen unterworfen hatte und er rief:

"Hey Bursche! Rase hier nicht den Hügel rauf und runter sondern komm' mal zu mir. Ich will mir mal den lustigen Kopf Deines neuen Spielkameraden genauer ansehen".

Sud Sakhon stieg ab und führte das Wesen vor den Meister, der es lange und ausführlich betrachtete. Dann sprach er vor sich hin glucksend:

"Diese Kreatur ist einerseits merkwürdig, andererseits ist es durchaus drollig. Es hat den Anschein, als hätten sich hier eine ganze Anzahl verschiedener Tiere in diesem Wesen zusammengefunden. Es hat die Stärke eines Giganten und ist doch gleichzeitig so leicht zu zähmen. Seine Backenzähne sind aus Diamant und die Schuppen des Panzers aus Onyx. Es frisst alles: Menschen, Krabben, Fische, Gras und Laub. Wenn Du es als Reittier benutzt, wirst Du unbesiegbar sein. Ich taufe es hiermit auf den Namen Nilmangkon. Du kannst es jetzt loslassen. Es besteht keine Notwendigkeit mehr es anzubinden, lass' es sich frei bewegen. Wenn Du es brauchst, rufe es einfach bei seinem neuen Namen Nilmangkon und es wird sofort zu Dir kommen".

Der Meister entschied, das die Zeit gekommen sei, Sud Sakhon mitzuteilen, wer sein Vater war und das blaues Blut in seinen Adern floss. Er nahm den Knaben beiseite und schilderte ihm, wie Phra Aphai Mani, Königssohn und Erbe des Reiches von Ratana, einst von seiner Mutter aus den Klauen der Menschenfresserin gerettet worden war, wobei diese ihre eigenen Eltern verloren hatte. Wie danach die beiden auf die Wunderinsel gekommen waren, sich ineinander verliebt hatten und das sein Vater das Eiland verlassen habe, kurz bevor er geboren wurde. Dann sprach der Alte zu ihm:

"Du bist jetzt reif und stark genug, auf Dich selber aufzupassen. Du must nun hinaus und Deinen Vater suchen und finden. Es wäre nicht redlich, wenn Du hier weiter Deine Zeit vertrödelst".

Sud Sakhon überkam eine Welle des Mitleids, als er von den Missgeschicken und Schicksalsschlägen erfuhr, die seinem Vater widerfahren waren.

"Ihr habt recht, ehrwürdiger Meister. Es wäre eine grosse Schande, liesse ein Sohn seinen Vater dermassen im Stich. Ich danke für Eure Erlaubnis die Insel zu verlassen, auch wenn ich nur schweren Herzens von Euch scheiden mag. Aber ich muss den Vater finden, koste es mich auch mein Leben. Sagt mir Meister, in welche Richtung ging er, als er die Insel verliess"?

Der Eremit zog sich zur Meditation zurück und kehrte nach einer Weile mit froher Kunde zurück:

"Euer Vater ist jetzt der Herrscher von Phalük und führt Krieg gegen Lanka. Dort wo jetzt mein Arm hindeutet, werdet ihr ihn finden. Aber der Weg ist weit und voller Gefahr. Du könntest in der Weite des Ozeans verloren gehen. Du wirst auf Dämonen, böse Geister und allerlei lichtscheues Gesindel treffen. Aber ich sehe schon, jetzt wird Dich nichts und niemand mehr aufhalten können, Deinen Erzeuger zu suchen. Und das ist recht so mein Junge, denn Dankbarkeit, Respekt und Fürsorge den Eltern gegenüber sind Grundtugenden eines jeden rechtschaffenden Menschen".

Der Alte nahm einen langen, gebogenen Stab, neben dem der Knabe zwergenhaft klein erschien und gab ihn Sud Sakhon mit den Worten:

"Nimm' diesen magischen Stab mit auf Deinen langen Weg. Führe ihn stets bei Dir und gebe ihn niemals aus der Hand. Als Waffe ist er so wertvoll wie Pfeil und Bogen oder ein Schwert. Und er ist ein undurchdringliches Schutzschild gegen jede bekannte Waffe".

Dann steckte der Meister die goldene Spange, die ihm einst Phra Aphai Mani gegeben hatte, in den Haarzopf des Jungen. Er schenke ihm ein Gewand aus dem Fell eines Tigers und eine Pelzkappe. So ausstaffiert sah Sud Sakhon selbst aus wie ein kleiner Eremit. Nachdem der weise Alte noch die Stirn des Eleven mit nach Rosenholz duftenden Wasser benetzt und ihm dadurch seinen Segen erteilt hatte, verabschiedete dieser sich mit einer tiefen Verbeugung vor seinem Lehrer. Nun war es an der Zeit, Abschied von der Mutter zu nehmen. Er ging hinunter ann den Strand und rief nach ihr. Nang Nüak hatte Tränen in den Augen, den sie wusste, der Augenblick des Abschieds war gekommen. Aber sie war auch voller Stolz angesichts des Mutes und der Entschlossenheit ihres Sohnes.

"Ehrwürdiger Meister, jetzt da ich die Insel für lange Zeit verlassen muss und der Ausgang meiner Reise ungewiss ist, mache ich mir doch grosse Sorgen um die Mutter. Wohlt Ihr Eure schützende Hand über

sie halten, bis ich zurückkomme? Ich wüsste niemanden Besseren als Euch".

"Mach' Dir keine Sorgen, ich werde mich um Deine Mutter kümmern und dafür sorgen, das es ihr an nichts mangelt".

Erleichtert dankte der Knabe noch einmal seinem Lehrer, verabschiedete sich von allen und rief Nilmangkon herbei. Nach einem letzten Gruss und Blick zurück galloppierte er auf die offene See.

In Windeseile raste Nilmangkon über die Wellenkämme. Nur gelegentlich entdeckte Sud Sakhon am Horizont einen grünen Farbtupfer, wenn man eine der vielen kleineren Inseln passierte. Nach einigen Tagen erreichte das Gespann das untergegangene Reich von Thao Pakka, einst ein mächtiges und reiches Land. Aber die Menschen dort wurden immer dekadenter und gaben die ethischen Gebote ihrer Ahnen und die überlieferten spirituellen Regeln nach und nach auf. Bar jeden Anstands und nur noch dem Ruf von Wein, Weib und Gesang folgend erregten sie den Zorn der himmlischen Mächte. Diese liessen die Insel schliesslich im Meer versinken und alle Einwohner Thao Pakkas ertranken. Das verlassene Eiland wurde alsbald von verschiedenen Geistern bevölkert, welche auf den umgebenden Riffen auf Beute lauerten. Viele Schiffbrüchige waren bereits ihre Opfer geworden und die Geister gaben die Hoffnung nicht auf, das Thao Pakka eines Tages wieder in neuem Glanz erstrahlen würde.

Sud Sakhon wusste von all dem nichts. Als er sich dem Eiland näherte, bot sich ihm der Anblick einer prächtigen und glitzernden Stadt, in welcher die Bewohner eifrig ihren Geschäften nachzugehen schienen. Einige von ihnen winkten ihm zu und luden ihn ein, an Land zu kommen. Mittlerweile ein wenig ermüdet entschied Sud Sakhon, sich selbst und Nilmangkon eine kleine Rast zu gönnen und seine wachsende Neugierde zu befriedigen, was die Insel denn für ihn bereithielt. Sobald er auf Nilmangkon durch das Stadttor geritten war, stellte er zu seinem Entsetzen fest, das die Stadtmauern nur eine perfekte optische Täuschung waren und nun in sich zusammenfielen. Die Vision der ganzen Stadt und ihrer Bewohner löste sich im Nu auf und er sah sich von einer geifernden Meute verschiedener Geister umringt, die ihn urplötzlich, wie aus dem Nichts kommend, umzingelt hatten.

Sud Sakhon zeigte keine Furcht. Mit dem magischen Stab verteilte er kräftige Hiebe nach allen Seiten und die Köpfe der Geister kullerten über den Boden. Aber für jeden erledigten Dämon wuchsen zwei neue nach und das Fauchen und Gebrüll der widerlichen Kreaturen wurde immer lauter. Auch Nilmangkon gelang es, Hunderte von ihnen mit seinem peitschenartigen Schwanz zu erledigen, anderen bis es den Kopf ab. So ging es weiter und die endlose Anzahl von Dämonen, die mittlerweile sogar den Kampfplatz mit Brandfackeln illuminiert hatten, wollte und wollte kein Ende nehmen. Der magische Stab entfaltete seine volle Kraft, doch langsam aber sicher begannen die Kräfte der beiden nachzulassen. Sud Sakhon dachte an den Meister und wie gerne er ihn jetzt an seiner Seite hätte. Plötzlich übertönte ein gewaltiger Donner das Kampfgetöse und die Geister lösten sich in Luft aus. Der Himmel teilte sich und mit einem Lächeln stieg der Eremit aus den Wolken herab. Er riet Sud Sakhon den ungastlichen Ort schleunigst zu verlassen, da die Dämonen in Kürze zerückkehren würden und verabschiedete sich mit einem kurzen Gruss. Sud Sakhon bestieg Nilmangkon und beide machten sich eilig davon.

Der Knabe ritt die ganze Nacht hindurch und als die Sonne erwachte, erblickte er am Horizont eine schöne, smaragdgrüne Insel. Er beschloss dort eine Weile zu rasten und lenkte das Drachenpferd an den Strand. Er stärkte sich mit einigen wild wachsenden Früchten und fütterte Nilmangkorn mit einigen Fischen, die er im flachen Wasser mit den Händen gefangen hatte. Dann begaben sich beide zur Ruhe. Ausgeruht machten sich sich nach einem erholsamen Schlaf wieder auf den Weg und nach einiger Zeit erreichten die erste, von Menschen bewohnte Insel auf ihrer Reise.

Auf dem Eiland lebte ein listenreicher Strolch der vorgab, ein heiliger Mann zu sein. Sein Boot hatte einst Schiffbruch erlitten und er hatte dabei seine wenigen Habseligkeiten verloren. Als er nackt vor den Bewohnern der Insel stand gab er vor, ein besonderer Asket zu sein

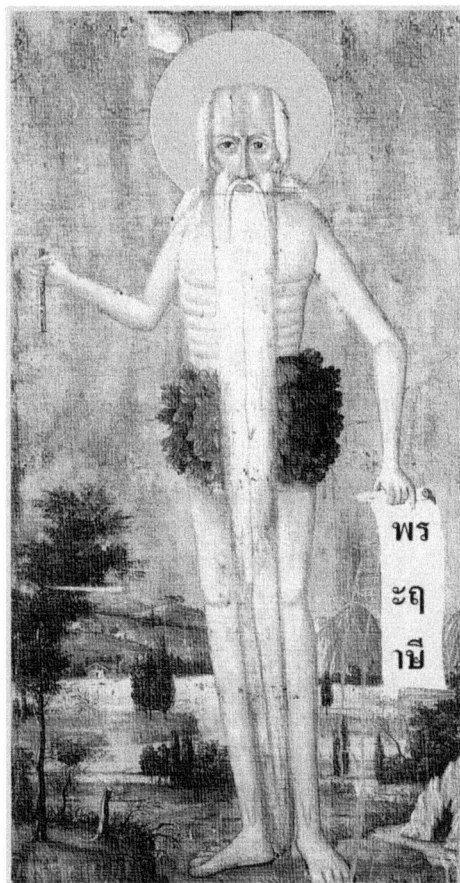

und einer Sekte anzugehören, deren Mitgliedern es verboten sei, Kleider zu tragen. Um nicht weiter den Unmut der Eingeborenen zu schüren, liess er Bart und Haare so lange wachsen, bis sie seine Scham vollständig bedeckten. Auch weigerte er sich Fisch zu essen, von dem sich die anderen Inselbewohner überwiegend ernährten. Stattdessen ass er fast nur Reis und Gemüse. Nach und nach begannen ihn die Bevölkerung ob seines kargen Lebensstiles als heiligen Mann zu akzeptieren und bauten ihm eine gemütliche Erimitage, wo er recht komfortabel und sorgenfrei lebte.

Genau dieser Mensch war es, dem Sud Sakhon als erstes auf der Insel begegnete. Er ritt bis zum Eingang der Einsiedelei und als er hineinschaute, sah er den nackten Eremiten schlafend und vor sich hin schnarchend auf der Bettstatt liegen. Der Anblick lies ihn zunächst erschrocken zurückfahren, aber schliesslich siegte die jugendliche Neugier und er rief in die Klausur:

"Hallo, Ihr da! Wach' auf, alter Mann! Warum trägst Du keine Kleider"?

Der Eremit wachte auf und rieb sich verwundert die Augen. Wo kam nur dieser plötzliche Lärm her? Schliesslich sah er den Knaben auf seinem wunderlichen Reittier:

"Wo kommst Du her und was willst Du hier auf unserer Insel, kleiner Eremit? Und was ist das für ein Wesen, auf dem Du da sitzt"?

"Moment mal, ich habe zuerst gefragt. Also, warum in aller Welt läufst Du hier so schamlos nackt durch die Gegend. Hast Du keine Kleidung? Und putzt Du Dir überhaupt die Zähne"?

Mittlerweile hatte der vorgebliche heilige Mann seine Fassung wiedergefunden und nahm nun eine bedeutungsvolle Pose ein.

"Ich habe allen menschlichen Begierden entsagt, weil ich die Eselei der Eitelkeit erkannt und durchschaut habe. Was ist denn schon unser menschlicher Körper? Nichts weiter als eine vergängliche Hülle, angefüllt mit Krankheit, Gier, Lust und anderem Schmutz. Also, worin läge der Sinn, ihn zu verhüllen? Aus diesen Gründen habe ich mich entschlossen das Leben eines Asketen zu führen, der Welt entsagt und mein altes Leben ausradiert. So nackt wie ich jetzt bin, kam ich einst auf die Welt. Nun also, was führte Dich hierher und wohin willst Du"?

In seiner jugendlichen Naivität fiel Sud Sakhon auf die Vorstellung des falschen Eremiten herein und glaubte, dieser sei ein heiliger Mann wie sein Meister auf der Wunderinsel. Er stieg ab, begab sich in die Klausur und bat den nackten Eremiten um Vergebung für seinen bisherigen rüden Auftritt. Sie setzten sich zusammen und der Knabe erzählte seine bisherigen Erlebnisse und was ihn zu der langen Reise veranlasst hatte. Der Alte lauschte aufmerksam mit geschlossenen Augen und war sich zunehmend sicher, das hier kein normaler Junge vor ihm sass. So klein und jung der Bursche war, er musste übernatürliche Kräfte und aussergewöhnliche Fähigkeiten besitzen. Nun galt es, ihm das Geheimnis seiner magischen Künste zu entlocken, ohne das der bis dato ahnungslose Knabe Verdacht schöpfte.

"*Das ist ja alles gut und schön, mein Junge. Du hast die Weiten des Ozeans durchquert und bist den Dämonen Thao Pakkas mit heiler Haut entkommen. Aber vor Dir liegen noch weitaus grössere Gefahren und Hindernisse, wie zum Beispiel ein Meer aus glühend heisser Lava. Deine Amulette und magische Formeln werden Dir da nicht helfen können. Ich aber kann Dich lehren, wie Du allen Gefahren unbeschadet trotzen kannst. Das kann ich allerdings nur dann, wenn Du mir wirklich alles erzählst, was Dein erster Lehrer Dich bereits gelehrt hat*".

Da Sud Sakhon nicht mehr an den Worten des Alten zweifelte und neugierig auf dessen Wissen war, plauderte er munter drauf los und verriet so auch das Geheimnis des magischen Stabes. Dem falschen Asketen fiel es zunehmend schwerer, seine Begeisterung im Zaum zu halten, den er wähnte sich bereits am Ziel.

"*Wir werden sofort mit dem Unterricht beginnen. Folge mit jetzt in die Berge dort hinten, wo ich zu meditieren pflege*".

Der nackte Alte erhob sich mit einer Leichtigkeit, die man bei seinem fortgeschrittenen Alter nicht erwartet hätte. Sud Sakhon folgte, den magischen Stab fest in der Hand haltend. Nach einem langen Aufstieg erreichten beide schliesslich den Gipfel und damit den höchsten Punkt der Insel. Auf einem schmalen Felsvorsprung der über einen mehrere hundert Meter tiefen Abgrund hinausragte, wies der Alte den Jungen an, die Meditationshaltung einzunehmen. Ahnungslos legte der Knabe den Stab aus der Hand und faltete die Hände. In diesem Moment sprang der falsche Eremit auf und stiess Sud Sakhon über die Klippe in den Abgrund. Er blickte solange hinunter, bis er den fallenden Knaben aus den Augen verlor. Mit einem Freudenschrei griff er sich den magischen Stab und trat in euphorischer Stimmung den Rückweg an. Zurück in der Einsiedelei probierte er den magischen Stab gleich an Nilmangkon aus. Anfänglich wehrte sich das Wesen noch ein wenig, aber die magischen Kräfte brachen den Widerstand. Behende schwang sich der Gauner auf den Rücken des Drachenpferdes und trieb es in Richtung des Königreiches von Karawek, wo er die Fähigkeiten des magischen Stabes sowie sein gestohlenes Wissen zu vergolden gedachte. Die Tage der Askese waren gezählt, das Schicksal schien es wieder gut mit ihm zu meinen.

Karaweks junger König Phra Suriyothai und seine Frau Chom Chanthavadi hatten eine kleine, zweieinhalb Jahre alte Tochter namens Sao Wakontha. In dem Moment, als der falsche Eremit Sud Sakhon über die Klippe in den Abgrund stiess, hatte der König fest und tief geschlafen. Dann hatte er einen merkwürdigen Traum. Ein hässlicher und fürchterlich stinkender Geier mit blutrotem Körper und zerfleddertem Gefieder flog mit einem Kristall im Mund direkt auf ihn zu. Die Luft ringsherum roch stark nach Moder und er hatte zu kämpfen, bei Sinnen zu bleiben. Dann war mit einem Mal der Geier verschwunden. Am Himmel ging strahlend hell die Sonne auf und tauchte die ganze Stadt in goldenes Licht. Er sah den am Boden liegenden Kristall, hob ihn auf und schenkte ihn seiner Tochter. An dieser Stelle endete der Traum und er wachte auf.

Er rief die Brahmanen und Astrologen des Hofes zu sich und bat sie, den Traum zu deuten. Diese führten ihre Berechnungen durch und zogen sich zur Beratung zurück. Schliesslich teilten sie dem König mit, das der Geier im Traum einen üblen Gauner symbolisiere, der bereits auf dem Weg nach Karawk sei. Der Kristall repräsentiere ein Kind mit magischen Fähigkeiten und übernatürlichen Kräften, welches dem Verbrecher auf den Fersen sei. Am Ende werde der Knabe die kleine Prinzessin ehelichen und dereinst über Karawek herrschen. Schon bald darauf erreichte der nackte Gauner wie vorhergesagt die Stadt. Auf Nilmangkon ritt er durch die Strassen und versetzte die Bewohner dadurch in Angst und Schrecken. Angstschreie waren in der ganzen Stadt zu vernehmen, denn angesichts des furchteinflössenden Mischwesens aus Drachen, Pferd und Schlange dachten viele, ihr letztes Stündlein habe geschlagen. Unberührt ritt der falsche Asket weiter bis vor das Haupttor des Königspalastes. Dort wurde er durch die Palastwache respektvoll begrüsst und nach seinem Begehr gefragt. Von dem unerwartet demütigen Empfang geschmeichelt began der listige Strolch sogleich, sein zuvor ausgedachtes Lügenmärchen zu spinnen. Er sei gekommen, Karawek vor einer sich rasend schnell ausbreitenden Cholera-Epidemie zu warnen, die alle Unbedarften und Unwissenden gnadenlos dahinraffe.

"Sagt es allen Menschen in eurem Reich, wollt ihr nicht alle sterben, handelt ohne zu zögern. Tretet hinaus auf die Strassen und ich werde Euch mit gesegnetem Wasser besprenkeln. Dann kann Gevatter Tod euch nichts mehr anhaben und ihr werdet alle glücklich und gesund bis ans Ende eurer Tage leben".

Das war Musik in den Ohren der Bewohner und immer mehr begannen sich um ihn zu scharen und flehten ihn an, er möge sie vor allem Übel bewahren. Schon bald waren die Strassen der Stadt verstopft mit den langen Schlangen der Wartenden. Selbst die Kranken und die Krüppel machten sich auf den Weg und die Mütter eilten mit ihren kleinen Kindern auf dem Arm herbei. Die Jüngeren bestaunten fasziniert den nackten Fremden, während die reiferen Jahrgänge sich angesichts der schamlosen Szenerie entweder pikiert abwendeten oder sich über die Naivität ihrer Mitbürger köstlich amüsierten.

Als die Nachricht von der Ankunft des falschen Eremiten Phra Suriyothai erreichte, vergass er auf einen Schlag seinen Traum und die Warnungen seiner Berater und zeigte sich ebenso begeistert wie seine Untertanen. Er teilte seiner Entourage mit, das er den heiligen Mann in den Palast holen werde, damit dieser dort seine Wunder vollbringen könne. Als der Nackte in den Hof des Palastes ritt, rannten die Hofdamen entsetzt in alle Richtungen davon. Am Eingang zum Thronsaal wurde er von den Höflingen respektvoll empfangen. Freudestrahlend stieg er ab und Nilmangkon, für einen kurzen Moment befreit von seinem teuflischen Zauber, sprang hoch in die

Luft und raste in Windeseile durch den Palastgarten zurück ans Meer. Auf den Wogen galloppierend war das Ziel jene Insel, auf der es seinen Herrn zurücklassen musste.

Der betrügerische Einsiedler war dermassen geschockt, das er in ein tiefes Koma fiel. Alle Versuche, ihn wieder aufzuwecken misslangen und so lag er immer noch regungslos auf dem Boden des Thronsaals, als der König eintrat. Phra Suriyothai befahl, ihn in den inneren Palast zu bringen und seine Leibärzte zu holen. Doch auch diese konnte während der kommenden Tage den Zustand des Patienten nicht zum Besseren wenden.

Unterdessen hatte Nilmangkon die Insel erreicht und rannte verzweifelt von einem Ende zum anderen auf der Suche nach Sud Sakhon. Da es ihn nirgends entdecken konnte, verblieb nur noch die verlassene Einsiedelei des Gauners. Dort fand es eine Spur, die aber wiederum am Fusse des Gebirges endete. Nilmangkon legte sich nieder und das herzzerreissende Wehklagen der gepeinigten Kreatur hallte durch Berg und Tal. Dank der ihm vom Meister Joki verliehenen übernatürlichen Kräfte hatte der Sohn Phra Aphai Manis den Sturz von der Klippe überlebt. Doch der hinterhältige Mordversuch hatte zu erheblichen Verletzungen geführt und er lag lange Zeit bewusstlos am Boden einer riesigen Felsspalte. Der kühle Strom eines durch Regen angeschwollenen Gebirgsbaches kühlte seine geschundenen Glieder und langsam erlangte er wieder das Bewusstsein. Sofort erkannte er die Klagerufe Nilmangkons. Doch um sich herum sah er nur glatte hohe Felsenwände. Da er diese nicht hinaufklettern konnte, sah er keine Möglichkeit ohne fremde Hilfe den Abgrund zu verlassen und rief einmal mehr seinen Meister zu Hilfe.

Und wieder eilte der Meister herbei, um dem Knaben zu helfen. Ein gewaltiger Donner liess Sud Sakhon zusammenzucken und als er zum Himmel blickte, sah er Joki, wie dieser elegant auf einem Regenbogen auf den Boden glitt. Der Eremit sprenkelte geweihtes Wasser auf die zahlreichen Wunden des Eleven, nahm ihn dann auf den Arm und schwebte mit ihm bis auf den Gipfel des Berges. Angesichts der,

seiner Jugend geschuldeten, Naivität des Jungen, sah sich der Eremit genötigt, ihm eine erneute Lektion zu erteilen:

"Vertraue nicht gleich blind jedem Sterblichen, mein Sohn, denn die Bosheit einiger Menschen kennt keine Grenzen. Selbst die stinkenden Früchte, die unter der heissen Sonne verfaulen, sind nicht so verdorben, wie die Herzen mancher. Wahre Liebe ohne Berechnung findest Du nur in der Familie. Der einzige, an den Du Dich jederzeit um Hilfe bittend wenden kannst, bist Du selbst. Also handele klug und überlege erst, bevor Du eine Entscheidung triffst. Die besten Waffen sind das Wissen und die Erkenntnis, den diese schützen uns davor, Torheiten zu begehn. Jetzt mach' Dich auf den Weg, Du musst den magischen Stab wieder an Dich bringen".

Kaum hatte der Alte das letzte Wort gesprochen, verschwand er schon in den Wolken. Sud Sakhon erhob sich und rannte hinunter zum Fuss des Berges, wo er von Nilmangkon überschwenglich begrüsst wurde. Zurück in der Einsiedelei stärkten sich beide mit Granatäpfeln, welche der Gauner dort vor einiger Zeit angepflanzt hatte. Nach einem ausgiebigen Bad in einem kühlen Fluss gleich in der Nähe rief Sud Sakhon sein Drachenpferd zu sich:

"Du weisst, wohin der Strolch entwichen ist. Führe mich sofort zu ihm".

In Windeseile hatte das Pärchen Karawek erreicht. Dessen Einwohner hatten sich mittlerweile an den Anblick Nilmangkons einigermassen gewöhnt und kamen aus ihren Häusern, um die seltene Kreatur zu bestaunen. Sie nahmen an, das der Junge auf dem Wesen der Sohn oder Enkel des heiligen Mannes sein musste. Sie riefen ihm zu:

"Wo bist Du denn bisher gewesen, kleiner Eremit? Suchst Du den Alten"?

"Ich grüsse Euch alle, ihr freundlichen Menschen Karaweks. Sagt mir geschwind, wo ich den Nackten finden kann. Wo hält er sich im Moment auf"?

Die Bewohner wiesen ihm den Weg und alsbald erreichte er den Königspalast. Da der Knabe eine Aura hatte, die jeden in seinen Bann zog, wurde ihm unverzüglich der Zutritt gewährt. Schliesslich stand er in der Kammer des Mannes, der versucht hatte, ihn zu ermorden. Der nackte Strolch lag immer noch im Koma, aber der magische Stab lehnte neben ihm an der Wand. Sud Sakhon ergriff ihn geschwind, schwang ihn triumphierend über seinen Kopf und rief:

"Hey, Du herzloser Verbrecher und gemeiner Betrüger! Du hast mich hintergangen und mir die geheimen magischen Formeln unter Vorspiegelung falscher Tatsachen entlockt. Dann hast Du Strolch noch versucht, mich zu ermorden und meinen magischen Stab gestohlen. Jetzt wirst Du dafür bezahlen und Du wirst selber sterben"!

Der nackte Alte schlug entsetzt die Augen auf, als er den Jungen sah. Wie konnte dieser einen so tiefen Fall nur überlebt haben. In Panik sprang er auf und mit einer für sein hohes Alter erstaunlichen Flinkheit sprang er aus dem Schlafgemach. Die Hofärzte versuchten ihm zu folgen, da sie annahmen, der Patient sei während des lang andauernden Komas einer geistigen Verwirrung zum Opfer gefallen. Da sich auch die Palastwachen nicht erklären konnten, warum der nackte Alte wie besessen über die Gänge des Palastes raste, entstand ein allgemeines Tohuwabohu. Nachdem das Zeter und Mordio im gesamten Palast zu hören war, verliess auch Phra Suriyothai seine Gemächer, um nach dem Rechten zu sehen. Als er die Kammer des vermeintlichen Heiligen erreichte sah er einen Knaben in der Kleidung eines Eremiten, der seelenruhig zu den aufgeregten Höflingen sprach:

"Ich bin nur gekommen, um meinen magischen Stab zurückzuholen. Fürchtet Euch also nicht, ich werde euch nichts tun".

Phra Suriyothai fand augenblicklich Gefallen an dem Knaben und bat ihn in seine Privaträume im inneren Palast. Dort liess er sich von Sud Sakhon in aller Ausführlichkeit das bisher Geschehene erzählen. Als er erfuhr, das der scheinheilige Gauner versucht hatte, den Jungen zu meucheln um in den Besitz des magischen Stabes zu gelangen, kochte die Wut in ihm hoch. Er befahl, den Flüchtigen festzunehmen und zu ihm zu bringen. Doch der starrköpfige Alte wollte noch immer nicht seine Missetaten gestehen. Phra Suriyothai liess ihn daraufhin auspeitschen und verurteilte ihn zum Tode. Aber Sud Sakhon gab zu Bedenken, das schändliche Verhalten des Alten sei möglicherweise darauf zurückzuführen, das er dem Manne in einem früheren Leben ein Leid zugefügt habe; werde er jetzt hingerichtet, liefen alle Beteiligten Gefahr, eine Kettenreaktion künftiger Katastrophen auszulösen.

Phra Suriyothai liess sich unter einer Bedingung umstimmen: das Sud Sakhon fortan in Karawek als sein adoptierter Sohn lebe. Dem Jungen gefiel der Vorschlag:

"Ich danke Euch, mein König, für das grossherzige Privileg, mich fortan als Euren Adoptivsohn betrachten zu dürfen. Sobald ich meinen leiblichen Vater und den Rest der Familie gefunden habe, werde ich nach Karawek zurückkehren und Euch bis an das Ende meiner Tage dienen".

Phra Suriyothai freute die demütige Haltung des Knaben und er unterbreitete ihm einen weiteren Vorschlag:

"Ich werde Dich persönlich auf Deiner weiteren Reise ins Königreich Deines Vaters begleiten. Aber raste zunächst hier bei mir und gönne Dir ein wenig Ruhe, bist Du wieder völlig zu Kräften gekommen bist. Unterdessen werde ich eine entsprechende Nachricht nach Phalük schicken".

Sud Sakhon hatte keine Einwände und rief Nilmangkon zu sich, um dem treuen Gefährten die gefassten Entschlüsse mitzuteilen. Dann entsprach er dem Wunsch des Drachenpferdes, sich im Ozean zu erfrischen und folgte seinem neuen Herrn in die Privaträume des inneren Palastes. Dort wurde er herzlich von Königin Chom Chanthavadi und ihrer Tochter Sao Wakontha empfangen. Aus Tagen wurden Wochen, aus Wochen Monate und schliesslich aus Monaten

Jahre und noch immer lebte Sud Sakhon in Karawek, die Freuden und Annehmlichkeiten eines kultivierten Lebens bei Hofe in vollen Zügen geniessend. Er schien völlig die ursprüngliche eigentliche Mission seiner Reise vergessen zu haben, den Vater zu suchen, den er nie kennengelernt hatte.

Doch eines Tages kam er wieder zur Besinnung und er gestand sich ein, das Phra Suriyothai weder sein richtiger Vater noch Karawek das elterliche Reich war. Nun spürte er wieder das unbändige Verlangen, aufzubrechen und Phra Aphai Mani zu finden. Sogleich begab er sich zu den Adoptiveltern und erklärte ihnen, warum er Karawek am folgenden Tag verlassen müsse. Zu Sao Wakontha, die er mittlerweile in sein Herz geschlossen hatte, sprach er:

"Ich muss Dich verlassen, kleine Schwester. Das Verlangen und die Pflicht, meinen leiblichen Vater zu finden, brennt wir ein Feuer in meiner Seele. Wenn ich ihn gefunden habe, werde ich ihn nach Karawek mitbringen und ich werde Dich ihm vorstellen. Inzwischen gib' auf Dich acht, ich werde immezu an Dich denken".

"Dann werde ich mit Dir gehen. Ich kann nicht in Karawek bleiben, wenn Du nicht da bist, geliebter Bruder".

Trotz aller Bemühungen sie davon abzubringen, ihn auf der langen Reise begleiten zu wollen, war sie nicht umzustimmen. Schliesslich mussten auch die Eltern, ihre Sturheit kennend, ihrer Marotte nachgeben und ihre Zustimmung erteilen. Aber sie bestanden darauf, das die beiden die Reise auf einem Schiff, welches mit voller Besatzung und ausreichend Proviant und Trinkwasser ausgestattet wurde, antraten. Überdies wurden sie von einer ganzen Anzahl an Dienern und Zofen begleitet. Sud Sakhon hatte seinen treuen Gefährten nicht vergessen und lud Nilmangkon ein, sie zu begleiten. Tagsüber stand es dem Drachenpferd frei, nach Lust und Laune über die Wellen zu rasen. Nach Einbruch der Dunkelheit kehrte es an Bord zurück, wo es auch seine Schlafstelle hatte. Das Schiff hatte mittlerweile Kurs auf Phalük genommen und anfänglich verlief die Fahrt bei ruhiger See und stetem Wind ohne erwähnenswerte

Zwischenfälle. Schliesslich erreichten sie eine grosse Insel und man beschloss, an Land zu gehen und die Trinkwasservorräte aufzufüllen.

Was die Reisenden allerdings nicht ahnen konnten war, das das Eiland von riesigen, grausamen und menschenfressenden Schmetterlingen bevölkert war. Sobald die blutdürstigen Kreaturen die menschliche Beute gewittert hatten, hoben ganze Schwärme mit hunderten dieser Bestien von der Insel ab und kreisten gierig lauernd über dem Schiff. In panischer Angst rannten die Matrosen unter Deck. Sao Wakontha lehnte sich neugierig aus dem Fenster ihrer Kabine, nachdem sie das Zeter und Mordio der Besatzung vernommen hatte. Blitzartig schoss eines der Ungeheuer auf sie zu, packte sie mit seinen Klauen und flog rasch mit ihr davon. Zu ihrem Glück hatte Sud Sakhon die Szene entsetzt aus der Entfernung verfolgt. Rasch ergriff er seinen magischen Stab, rief Nilmangkon herbei und beide machten sich in rasender Eile an die Verfolgung des Monsters. Sofort wurde er von einer Unzahl dieser Kreaturen angegriffen. Unbeeindruckt teilte der Knabe mit seinem magischen Stab gewaltige Hiebe nach allen Seiten aus und zerbrach auf diese Art die Flügel der hungrigen Schmetterlinge. Nach einer Weile gaben die Angreifer auf und machten sich davon. Sud Sakhon holte schliesslich das Monster ein, welches Sao Wakontha geraubt hatte. Ein mächtiger Streich mit dem Stab befreute das Mädchen aus den Krallen und die räuberische Kreatur versank leblos in den Fluten. Auf dem Rücken des Drachenpferdes brachte Sud Sakhon die kleine Schwester zunächst zurück auf das Schiff, bevor er sich mit Nilmangkon erneut auf den Weg zur Insel machte. Dort fand er schliesslich den König der Ungeheuer und stellte ihn zum Kampf. Nachdem er diesen getötet hatte, schnitt er ihm dessen Augen aus dem Schädel. Diese leuchteten und strahlten wie Edelsteine und der Knabe hatte einst gehört, das sie seinem Besitzer magische Kräfte verliehen.

Nach vielen Wochen unter vollen Segekn erreichte das Schiff schliesslich die Hoheitsgewässer Phalüks, vor dessen Küste einige Wachboote patrouillierten. Während man sich der Küste näherte, schlugen die Matrosen den grossen Gong, um sich bemerkbar zu machen, während die Küstenwache Phalüks zi ihnen herüberrief:

"Wir sind die Patrouillienboote des Königreiches von Phalük. Wer seid ihr und woher kommt ihr. Kommt ihr als Freunde oder als Feinde"?

"Wir kommen als Freunde und haben die Prinzessin Karaweks und Sud Sakhon, den ruhmreichen Sohn des ehrenwerten Phra Aphai Mani, an Bord. Kommt herüber und ihr könnt als erste die königlichen Hoheiten in eurem Land willkommen heissen".

Sud Sakhon empfing die Offiziere der Küstenwache ihrem Rang entsprechend. Als er allerdings darum bat, sofort zu seinem Vater gebracht zu werden, zögerten die Soldaten zunächst und teilten ihm dann mit, erst müsse mit dem Palast Rücksprache genommen werden. Und sofort machte sich ein Meldeläufer auf den Weg. Die Nachricht wurde Suwanmali überbracht, denn Phra Aphai Mani befand sich in einem apathischen Zustand. Die Ursache war das Portrait Lawengs, welches er immer noch mit sich führte und der ihm innewohnende, rachsüchtige Geist des toten Laman. Da der König ihr gegenüber nie einen weiteren Sohn erwähnt hatte, wurde sie misstrauisch. Sie beriet sich mit ihren Hofdamen und man beschloss, zunächst die Rückkehr Sri Suwans und Sin Samuts abzuwarten, bevor man die unerwarteten Gäste in die Stadt liess. Da man nichts über Sud Sakhon und seine Begleiter wusste, sei es wohl besser, auf der Hut zu sein, denn man wisse nicht, welche Listen die Fremden in petto hätten. Der Meldeläufer wurde mit der Botschaft zurückgeschickt, die Ankömmlinge sollten einstweilen in einem der Stadt vorgelagerten Aussenposten Quartier nehmen und weitere Nachrichten abwarten. Sud Sakhon hatte inzwischen von der, durch die anhaltende Apathie verursachte, Handlungsunfähigkeit seines Vaters erfahren und war gleichermassen bestürzt und besorgt. Schliesslich entschloss er sich, nicht mit Gewalt in die Stadt einzudringen, sondern ordnete an, das Lager vor den Mauern der Stadt aufzuschlagen.

In der Zwischenzeit erreichte Suwanmali die Nachricht, das sich in Lanka erneut eine gewaltige Armee auf den Weg gemacht habe, Phalük endgültig zu vernichten. Hemmungslos hatte Laweng ihren Liebreiz eingesetzt und jedem ihre Hand versprochen, der ihre

Schmach von zwei Niederlagen in Folge tilgen würde. Daraufhin waren nahezu alle Herrscher der benachbarten Staaten sowie einige ambitionierte Prinzen den romantischen Lockrufen erlegen und eine grosse Streitmacht näherte sich Phalük. Als Suwanmali in das Schlafzimmer ihres Gemahls hastete, sah sie, wie dieser wie in Trance zum wiederholten Male das verhexte Portrait Lawengs küsste. Sie setzte sich zu ihm und teilte ihm die bevorstehende Invasion seines Reiches durch eine Allianz seiner Feinde mit. Wie von Sinnen begann Phra Aphai Mani zu toben:

"Du bist nur gekommen, um Deiner Eifersucht zu frönen! Alles was Du kannst, ist reden, lamentieren, geifern …".

Dann ergriff er ein Kissen und warf es nach ihr. Suwanmali sprang auf und rannte erschrocken davon. Einsehend, das von ihrem Gatten keinerlei Unterstützung mehr zu erwarten war, rief sie ihre Kommandeure und Offiziere zu sich in den Palast, um die Verteidigung des Landes vorzubereiten. Die Armee Phalük war nicht nur zahlenmässig weit unterlegen sondern darüber hinaus auch noch nicht gefechtsbereit, als die riesige Armada des Feindes am Horizont auftauchte. Todesmutig stürzten sich dennoch die wenigen Boote der Küstenwache in den Kampf und versuchten verzweifelt, mit ihren veralteten Kanonen den Gegner aufzuhalten. Doch es benötigte nur eine Breitseite der grossen Kriegsschiffe und die Patrouillienboote Phalüks lagen auf dem Grund des Meeres. Da nunmehr kein weiterer nennenswerter Widerstand zu erwarten war, nahmen die feindlichen Schiffe direkten Kurs auf das Boot Sud Sakhons. Dieser liess sofort das Feuer eröffnen und es gelang in der Folge, durch geschickte Manöver und zielsichere Kanonaden einige Feinde zu versenken. Aber auch die mutigen Besucher konnten der Übermacht des Feindes auf Dauer nicht standhalten und man entschloss sich zu einem strategischen Rückzug. Damit waren die Invasoren ihrem Ziel erheblich nähergekommen, denn nun konnten sie einen Brückenkopf am Strand errichten und in dessen Deckung ihre Truppen ungehindert anlanden. Kurz darauf war die Stadt von allen Seiten umzingelt und der Sturm auf die Mauern begann.

Suwanmali, die in Vertretung ihres Mannes den Oberbefehl übernommen hatte, beschloss den Feind durch ein kurzes Ausfallmanöver abzulenken. Wieder einmal verkleidete sie sich als Mann und führte eine Gruppe entschlossener Frauen vor die Tore der Stadt, um die Aufmerksamkeit der Angreifer auf sich zu lenken. Aber die Kriegslist misslang und bevor die Frauen sich wieder zurückziehen konnten, sahen sie sich von Feinden umringt und vom Rückweg abgeschnitten. Suwanmali und ihre Amazonen nutzten Pfeil und Bogen und verteidigten sich mit Zähnen und Klauen. Dabei wurden viele von ihnen verwundet, unter ihnen auch die Königin.

In dieser Stunde höchster Not brachen plötzlich die Reihen der Feinde auseinander und im Hintergrund sah man Sud Sakhon auf Nilmangkon heranpreschen, wie er mit seinem magischen Stab rechts und links die Gegner niedermähte. Instinktiv erkannte er in der verwundeten Suwanmali die Gemahlin seines Vaters, schlug sich zu ihr durch und brachte sie in Sicherheit hinter die Stadtmauern. Dann kehrte er aufs Schlachtfeld zurück und an der Spitze der Männer von Karawek stürzte er sich auf dem Rücken Nilmangkons frontal auf den Feind. Die Gegner sahen, das sie gegen Sud Sakhon, seinem Drachenpferd und den magischen Stab keine Chance hatten und entmutigt streckten sie die Waffen und rannten davon. Sud Sakhon und seine Männer wurden von den Bewohnern Phalüks ein triumphaler Empfang bereitet und nach einer langen und gefahrvollen Reise, mit zahlreichen Abenteuern war der Knabe am Ziel: Der verlorene Sohn hatte seinen Vater gefunden.

~~~ Ende Kapitel 9 ~~~

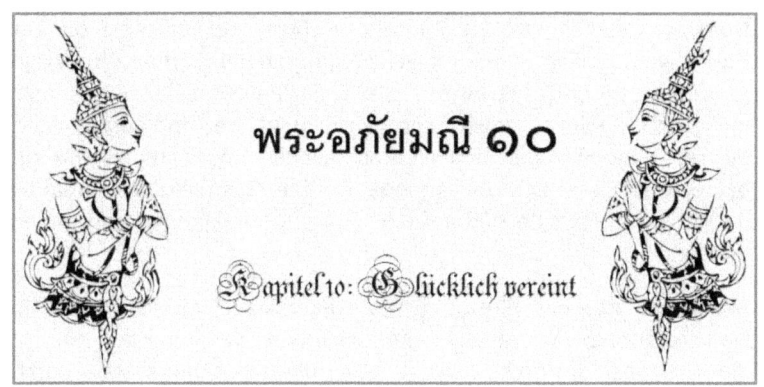

พระอภัยมณี ๑๐

Kapitel 10: Glücklich vereint

Als die Nachrichten vom besorgniserregenden Gemütszustand Phra Abhai Manis schliesslich auch bis zu Sri Suwan und Sin Samut drangen, beschlossen sie, Ratana wieder zu verlassen. Nach einem bewegenden Abschied von den ergrauten Eltern setzte ihr Schiff die Segel mit Kurs auf Phalük. Anfänglich verlief alles nach Plan, die See war ruhig, der Wind kam stetig von achtern und die Stimmung an Bord war gelassen. Eines Abends kam jedoch völlig unvermittelt ein schwerer Sturm auf. Da sie ganz in der Nähe eine Insel entdeckten wurde beschlossen, dort Schutz vor den Naturgewalten zu suchen und nebenbei auch die Trinkwasservorräte zu ergänzen. In einer windgeschützten Bucht ging man vor Anker und ein Landungstrupp wurde zu Wasser gelassen.

Als die Männer mit ihren Kübeln und Wasserfässern den Strand erreicht hatten, sprang ursprünglich ein grimmiger Löwe von gewaltiger Grösse aus dem Dickicht. Die Matrosen rannten erschrocken in alle Richtungen davon. Einige überwanden die erste Panikattacke und feuerten ihre Musketen auf das bedrohliche Biest. Aber der riesige Löwe schien davon unbeeindruckt und die Kugeln schienen ihn nur noch mehr in Rage zu bringen. Mit einem gewaltigen Satz sprang das Ungeheuer einen der Schützen an und machte sich daran, den Rest zu jagen. Die verzweifelten Marosen sprangen ins Wasser und schwammen um ihr Leben. Zur

Überraschung aller folgte ihnen der Löwe und jagte sie bis zur Bordwand. Sin Samut war inzwischen, durch den Lärm aufmerksam geworden, an Deck getreten und sah nun das Desaster. Ohne auch nur eine Sekunde zu zögern sprang er ins Wasser und kämpfte mit blossen Händen gegen den wütend fauchenden Angreifer. Das für beide Kontrahenten anstrengende Kräftemessen endete vorläufig damit, das der Knabe sich auf den Rücken des Gegeners schwingen konnte.

Aber noch gab das Biest sich nicht geschlagen. Grollend wie ein Gewitterdonner machte es einen Buckel und Sin Samud flog hoch in die Luft. Aber der flinke Junge entging dem wartenden Maul durch eine geschickte Drehung des Körpers und ergriff nun seinerseits den Schwanz des Tieres. Der Löwe sah nach und nach ein, das er diesem kleinen Racker zu seiner Verwunderung körperlich nicht gewachsen war und gab auf. Mit Sin Samut immer noch auf seinem Rücken schuss er auf die Küste zu und schrie dabei laut um Hilfe. Innerhalb von Sekunden war der ganze Strand mit fauchenden Löwen gefüllt.

Unbeeindruckt tauchte Sin Samut und fing eine Reihe von Fischen, die er auf den Strand warf. Die hungrigen Löwen stürzten sich gierig auf die unerwartete Beute, während der furchtlose Knabe zwischen ihnen umherging und das Fell jedes einzelnen streichelte. Schliesslich stand er vor dem Löwen, mit dem er noch vor kurzem gerungen hatte. Aber auch dieser hatte sich inzwischen in sein Schicksal gefügt und der Junge beschloss, den einstigen Gegner zu seinem Gefährten zu machen und als Reittier zu nutzen. Zur Bestürzung der Besatzung brachte der Sohn Aphais die gefürchtete Bestie an Bord. Da diese aber mittlerweile zahm wie eine Katze war, entspannte sich die Lage auch schnell wieder. Sin Samut wandte sich an seinen Onkel:

"Ich will diesen Löwen als mein Reittier behalten. Es ist nahezu unverwundbar, wendig im Wasser, stark an Land und lässt sich ohne Probleme mit Fischen füttern. Der Löwe wird mir ein treuer und hilfreicher Gefährte sein".

Sri Suwan erteilte seine Zustimmung und die Besatzung hatte ab sofort ein neues Mitglied. Der Rest der Reise verlief ohne weitere erwähnenswerte Vorfälle. Als sich das Schiff allerdings Phalük näherte, färbte sich der Himmel urplötzlich blutrot. Von düsterer Vorahnung erfüllt trieb Sri Suwan die Besatzung zu noch grösserer Eile an. In der Stadt angekommen, berichte die bleiche und erschöpfte Suwanmali sogleich von der Invasion der allierten Truppen im Auftrag Lawengs. Noch grössere Sorgen bereitete aber allen, das Phra Apbhai Mani noch immer wie besessen und apathisch auf das Portrait der Prinzessin der westlichen Insel starrte und allem Weltlichen entsagt zu haben schien. Die unglückliche Königin führte Sri Suwan und Sin Samud in die Privatgemächer des inneren Palastes. Dort sahen sie den Bruder und Vater lamentierend auf einem Diwan liegen und wie immer das Bildnis Lawengs anstarrend. Der liebeskranke Aphai bemerkte schliesslich die Ankömmlinge, doch anstatt Bruder und Sohn in die Arme zu schliessen, begann er zu fluchen wie ein Flickschuster. Von Sinnen bezichtigte er sie der Spionage und der Konspiration gegen seine geliebte Laweng und schrie seine Diener an, die ungebetenen Eindringlinge aus seinen Gemächern jagen.

Als Sri Suwan realisierte, das sein Bruder offensichtlich den Verstand verloren hatte, war es, als hätte ihm jemand einen Dolch mitten ins Herz gestossen. Er ging zu Aphai hinüber, kniete sich neben dem Diwan nieder und sprach mit ruhiger Stimme:

"Mein lieber Bruder, wir haben uns lange nicht gesehen. Aber jetzt bin ich zurück und ich habe Deinen Sohn mitgebracht. Warum empfängst Du uns auf diese Art und Weise? Erkennst Du Dein eigen Fleisch und Blut nicht mehr? Warum, zum Himmel, bist Du nur so vernarrt in dieses Portrait, es ist doch nur ein Bild? Oh, welch' böses Schicksal hat Dich nur ereilt? Selbst als wir in jungen Jahren so lange von einander getrennt waren, haben wir dafür gelebt, uns eines Tages wieder zu sehen. Aber diesmal hast Du Dich derart verändert, das ich Dich nicht mehr wiedererkenne und mir angst und bange wird".

Sin Samud nahm den Ball des Onkels auf und nach einer respektvollen Verbeugung sprach er mit Tränen in den Augen zum Vater:

"Vater, schlagt oder tötet mich meinethalben wenn es Euch beliebt, aber ich muss Euch sagen, ich mag dieses Bild überhaupt nicht. Ich glaube, es ist die Ursache allen Übels und weil ihr es nie aus der Hand gebt, verschlimmert sich Euer Zustand immer mehr. Ich werde es besser verbrennen".

Er griff sich das Portrait, aber blitzschnell riss es ihm Phra Aphai Mani wieder aus der Hand. Drohend hob er den Finger und schrie seinen Sohn wutentbrannt an und warf mit allem, was ihm in die Hände fiel, nach den beiden. Diese zogen sich schnell zurück, da es aussichtslos war, vernünftig mit dem im Liebeswahn befindlichen Aphai zu reden. Man zog sich zur Beratung in die Privaträume der Königin zurück, wo ihnen zu ihrer Überraschung Suwanmali folgendes mitteilte:

"Meine Brahmanen hier am Hof haben mir versichert, das er wieder zu Verstand kommen wird und zwar durch die Hilfe eines bislang unbekannten Blutsverwandten. Nun, vor kurzem ist ein Knabe namens Sud Sakhon hier angekommen. Dieser behauptet, der Sohn Phra Aphai Manis zu sein. Man muss zugeben, durch sein heroisches Einschreiten während der Invasion hätte er dem Namen schon alle Ehre gemacht, denn ohne seine Hilfe wären wir verloren gewesen. Aber er weigert sich beharrlich zu sagen, woher er kommt und wer seine Mutter ist".

Sri Suwan wusste nicht so recht, was er mit dieser mystischen Vorhersage der Hofastrologen anfangen sollte. Sin Samut dachte eine lange Weile nach und sagte schliesslich:

"Als wir auf der Wunderinsel waren, lebte mein Vater mit der Meerjungfrau Nang Nüak, zusammen, die ihn einst auf ihrem Rücken tragend vor der Rache meiner Mutter, des Meeresungeheuers Nang Phi Süa Samut, gerettet hat. In memoriam ihrer gemeinsamen Zeit schenkte er ihr einen Siegelring und eine juwelenbesetzte Brosche.

Wen dieser Sud Sakhon wirklich ihr Sohn ist, wird er sich sicherlich zumindest eines dieser Andenken der elterlichen Zuneigung bei sich haben. Ich werde zu ihm gehen und herausfinden, ob er wirklich ein weiterer Sohn meines Vaters ist".

Sri Suwan stimmte dem Vorschlag seines Neffen zu:

"Wenn er wirklich Dein Halbbruder sein sollte, dann bring' den Jungen schnell zu uns in den Palast".

Sin Samut bestieg eine der königlichen Kutschen und liess sich zum Pavillion bringen, in dem Sud Sakhon logierte. Schon von weitem erblickte er den Grünschnabel, der der Nixe wie aus dem Gesicht geschnitten war. Als er näher kam, sah er auch, das der Bursche den Siegelring seines Vaters am Finger trug. Damit waren mit einem Schlag alle Zweifel beseitigt. Sud Sakhon seinerseits erkannte ebenfalls seinen Halbbruder, da ihm der Eremit Joki vor seiner Abreise eine ausführliche Beschreibung mit auf den Weg gegeben hatte. Und so rannten die Halbbrüder aufeinander zu und umarmten sich mit Freudentränen in den Augen.

Nachdem sie einander ausgiebig geherzt hatten, berieten Sin Samut und Sud Sakhon darüber, wie dem liebestollen Vater am besten beizukommen sei. Sin Samut wiederholte noch einmal seine feste Überzeugung, das dem Portrait Lawengs ein böser Zauber innewohne und es deshalb die Wurzel allen Übels sei. Ganz augenscheinlich hatte die Prinzessin der westlichen Insel die dreimalige Niederlage noch immer nicht verwunden und versuchte nun mittels Hexerei Rache zu nehmen.

Sud Sakhon schien nicht im Geringsten besorgt zu sein:

"Mach' Dir keine Sorgen, auch wenn diese Frau eine Hexe sein sollte, so sind doch meine Kenntnisse magischer Formeln den ihren überlegen. Mein Pflegevater, der weise Alte Joki, hat mir diesen magischen Stab geschenkt. Mit dessen Hilfe habe ich Geister und Dämonen bezwungen und Teufel in ihre Schranken gewiesen. Welches Hexenweib sollte wagen, sich mir entgegenzustellen"?

"Ist das wirklich wahr, lieber Bruder? Dann lass' uns schnell aufbrechen und die Hexe vernichten. Meine Mutter und unser Onkel werden hocherfreut sein".

Frohgemut schritten die beiden Brüder Arm in Arm zurück zum Palast, wo sie auf das herzlichste von Sri Suwan und Suwanmali willkommen geheissen wurden. Beide waren beglückt zu hören, das Sud Sakhon in der Lage sei, den bösen Geist, der in dem Portrait offensichtlich Zuflucht gefunden hatte, zu bezwingen und fragten ihn, ob er irgendeine Hilfe benötige.

"Nein, bringt mir nur das Bildnis, den Rest wird mein magischer Stab erledigen".

Suwanmali bat Sin Samut, in das Quartier des Vaters zu gehen und das Bild zu beschaffen. Entschlossen betrat der Knabe das Zimmer des Vaters. Er sah den Vater schlafend auf dem Rücken liegend, das Portrait lag neben ihm. Langsam und geräuschlos schlich sich der Junge an und es gelang ihm, das Bildnis an sich zu nehmen, ohne den schlafenden Phra Aphai Mani dabei aufzuwecken. Triumphierend und erleichtert brachte er es seinem Bruder. Sud Sakhon legte Portrait vor sich auf den Boden und begann einige magische Formeln zu rezitieren. Dann nahm er den magischen Stab und schlug kräftig darauf ein. Ein schriller Schrei ertönte und drang allen Anwesenden durch Mark und Bein. Sud Sakhon drosch unbeirrt weiter auf das Bild Lawengs ein, die Schreie wurden immer leiser, das Portrait schrumpfte immer weiter und war schliesslich völlig verschwunden.

Alle vier rannten umgehend in das Schlafgemach des Königs. Dieser schlief immer noch, aber ein lauter Seufzer der Erleichterung verliess seine Lippen. Suwanmali kam herbei und wusch das Gesicht ihres Gemahls mit duftenden Wasser, welches aus Rosen- und Jasminblüten zubereitet worden war. Plötzlich war im ganzen Palast ein lautes Freudengeheul zu vernehmen, die Nachricht von der Vernichtung des bösen Geistes hatte auch die Dienerschaft erreicht. Der Lärm weckte schliesslich auch Phra Aphai Mani, der sich langsam und kopfschütteln erhob, als sei er gerade aus einem Alptraum erwacht. Als er sich umblickte sah er seine Frau, den Bruder, seinen Sohn und einen weiteren Jungen neben sich sitzen. Lange blickte er in das Gesicht des Knaben und nach und nach erkannte er de ihm vertrauten und unvergessenen Züge der Mutter. Er rief den Jungen zu sich und sprach:

"Du bist mein Sohn, mein verlorener Sohn, der verlorene Sohn Deiner armen Mutter, der Meerjungfrau Nang Nüak".

Phra Aphai Manis Familie war nun wieder vereint. Derart gestärkt beschloss man, mit vereinten Kräften die Feinde ein für alle mal zu besiegen. Der König war alsbald wieder völlig genesen und übernahm wieder den Vorsitz im Kriegsrat und den Oberbefehl und beschloss als erstes, die Armee Phalüks in fünf Truppenteile aufzugliedern. Die Vorhut stand unter dem Kommando von Sri Suwan, den rechten Flügel sicherte Sin Samut, den linken Sud Sakhon und die drei Brahmanen und Freunde Phra Aphai Manis befehligten die Nachhut. Den Hauptteil der Streitmacht im Zentrum führte Phra Aphai Mani persönlich an.

Als die alliierte Streitmacht Lankas sich wieder reorganisiert hatte und erneut zum Kampf stellte, erwartete sie ein gut vorbereiteter Gegner. Am Morgen der Schlacht versammelte sich ein gewaltiges Heer vor den Toren Phalüks. Zur siegbringenden Stunde, die vorher von den Hofastrologen berechnet worden war, ertönten in der ganzen Stadt die Klänge der Gongs und das zuversichtliche Kampfgebrüll der Männer Phalüks stieg donnernd zum Himmel hinauf. Begleitet von Trommelwirbel und dem Schall der Hörner bestieg Sri Suwan seinen Streitwagen. Sin Samut kletterte auf seinen furchteinflössenden Löwen und Sud Sakhon bestieg seinen Vertrauten Nilmangkon. Die drei Brahmanen ritten auf prächtigen Schlachtrössern und Phra Apbhai Mani hatte in der goldenen Staatskarosse Platz genommen, die extra für den bevorstehenden Kampf umgerüstet worden war. Dann marschierte die ganze Armee in voller Montur und Bewaffnung mit ihren flatternden Fahnen unter klingendem Spiel auf das Schlachtfeld, wo sie von den acht verbündeten Armeen des Feindes bereits erwartet wurden.

174

Phra Aphai Mani sah, wie beide Armeen ihre Schlachtformation einnahmen und spielte in Gedanken noch einmal seine strategischen Optionen durch. Wenn er seine magische Flöte zum Einsatz brächte, wäre der Gegner von vornherein chancenlos. Dies schien ihm aber wenig ehrenvoll zu sein. Und letztlich ging es nicht nur darum, den Feind zu schlagen, sondern auch seinen beiden Söhnen die Chance zu geben, sich im Kampf zu beweisen. Wollten sie einst in seine Fussstapfen treten, so bot sich ihnen jetzt und hier die Gelegenheit, sich einen Namen zu machen. Er sandte einen Parlamentär und forderte diesen auf, den überlieferten Traditionen des ritterlichen Kampfes gemäss das Leben der einfachen Soldaten zu schonen; stattdessen sollten die Kommandeure der beiden Kontrahenten sich jeweils zum Kampf Mann gegen Mann stellen. Falls die Offiziere in den Reihen der Verbündeten Lankas ausreichend Mut und Kraft besässen, gegen die Anführer Phalüks anzutreten, sollten die Duelle auf neutralem Boden zwischen den beiden Armeen stattfinden.

Die Generäle der Feinde nahmen die Herausforderung an. Einer von ihnen, ein muskulöser Krieger mit schwarzem Mantel, dessen Erscheinung an einen grossen Tiger erinnerte, schwang seine Axt und seine Lanze und preschte auf den Kampfplatz. Sin Samut ritt auf seinem Tiger auf den schwarzen Krieger zu, der versuchte, ihn mit der Lanze aufzuspiessen. Der Knabe wich geschickt aus und der Feinmd griff ihn nun mit der mächtigen Streitaxt an. Nachdem es dem Jungen gelungen war, dem General im Nahkampf auch die Axt zu entreissen, täuschte dieser vor, sich geschlagen zu geben. Dann drehte er sich blitzschnell um und schleuderte mit aller Kraft eine eiserne Kugel auf Sin Samut. Auf der Brust getroffen, sank der Knabe bewusstlos von seinem Tiger. Bevor der General den bewusstlosen Jungen in Stücke hauen konnte, ritt Sud Sakhon heran, doch auch diesen erwischte der Gegner mit einem gezielten Wurf einer Eisenkugel. Nun war die Reihe an Sri Suwan. Seine Keule schwingend gelang es ihm, immer wieder den Geschossen auszuweichen. Schliesslich hatte er den schwarzen Krieger erreicht und mit einem tödlichen Streich war dieses Duell entschieden.

Ein anderer Herausforderer ritt nun auf Sri Suwan zu und mit einem Lasso gelang es ihm, diesen zu Fall zu bringen. Glücklicherweise hatte Sin Samut das Bewusstsein wieder erlangt und kam dem Onkel zu Hilfe. Mit einem gezielten Schlag seiner Axt fällte er den Gegner. Sin Samut wurde nun seinerseits von einem weiteren Gegner mit einem Feuerschwert niedergestreckt und auch der zur Hilfe eilende Onkel war mit seiner Keule gegen das flammende Schwert machtlos. Mittlerweile war aber auch Sud Sakhon wieder auf den Beinen und nach einem gezielten Hieb seines magischen Stabes rollte der Kopf des Generals mit dem Feuerschwert in den Sand.

Jetzt ritt der vierte Kämpfer für Lanka auf den Kampfplatz. In jeder Hand hielt er einen Kessel mit brennendem Öl. Diese warf er auf die beiden Brüder, die bald darauf in Flammen standen. Dann ritt er auf Phra Aphai Mani zu und forderte ihn auf, sich zu ergeben. Sri Suwan griff ihn von der Seite an und es gelang ihm, den Gegner mittels seiner Keule aus dem Sattel zu werfen. Dann musste er sich allerdings wieder zurückziehen, da der Feind nun begann, auch ihn mit brennendem Öl zu bewerfen. Sin Samut hatte inzwischen die Flammen gelöscht und feuerte einen Pfeil in Richtung des Feindes. Dieser landete im rechten Auge des Angreifers und auch dieser sank leblos zu Boden.

Mittlerweile war es dunkel geworden und beide Seiten vereinbarten, die Kampfhandlungen bis zum nächsten Morgen einzustellen. Phra Aphai Mani hastete zu seinen Söhnen, die beide durch das brennende Öl schwere Brandwunden erlitten und das Bewusstsein verloren hatten. Zurück in der Stadt wurden die Ärzte herbeigerufen, aber auch diesen wollte es nicht gelingen, die Jungen aufzuwecken. Jetzt lag die letzte Hoffnung auf dem Brahmanen Sanon. Dieser beschwor die höheren Mächte, die jungen und tapferen Prinzen noch nicht so früh zu sich zu rufen. Plötzlich zogen dunkle Wolken auf und der Himmel öffnete seine Schleusen. Geschwind wurden die beiden Knaben ins Freie getragen und die Brandwunden mit dem reinen und klaren Wasser des Regens ausgewaschen. Zur grossen Erleichterung aller erlangten kurz darauf sowohl Sin Samut als auch Sud Sakhon wieder das Bewusstsein.

Unterdessen regnete es unaufhaltsam weiter und ab Mitternacht goss es wie aus Eimern. Bis auf die Knochen durchnässt bibberten die feindlichen Truppen vor Kälte. Alle Versuche, ein wärmendes Feuer zu entfachen, scheiterten kläglich. Gegen Morgen setzte schliesslich noch ein gewaltiger Hagelsturm ein, der die Zelte des Gegners zerfetzte.

Phra Aphai Mani beschloss, die Gunst der Stunde zu nutzen und die ohnehin bereits geschlagenen Soldaten des Feindes nicht länger als nötig darben zu lassen. Also beorderte er seine komplette Streitmacht noch einmal vor die Tore der Stadt und kampfbereit schwangen die Männer Phalüks ihre Schwerter und Keulen in Richtung der alliierten Truppen. Diese waren nach der langen Regennacht unterkühlt, übermüdet, hungrig und hatten jede Hoffnung auf einen Sieg verloren. In wilder Panik stürzten sie nacheinander davon. Phra Aphai Mani liess sie bis an den Strand verfolgen, aber dann unbehelligt in ihre Boote steigen. Eilig wurden die Anker gelichtet, Segel gesetzt und glücklich darüber, dem Tod noch einmal von der Schüppe gesprungen zu sein, machte sie sich schnellsten auf die lange Heimreise.

Und so endete die Invasion Phalüks durch die Verbündeten Lankas. Phra Aphai Mani, sein Bruder und seine Söhne sowie die Krieger Phalüks kehrten im Triumphzug in die Stadt zurück, wo sie von der ausgelassen feiernden Bevölkerung begeistert empfangen wurden …

Vorankündigung

Im Herbst 2018 wird der zweite Band der Serie „Grosse Geschichten aus dem alten Siam" erscheinen.

Die romantische Erzählung *Lilit Phra Lo* (ลิลิตพระลอ), „Die Geschichte des Prinzen Lo" war das erste Beispiel thailändischer Unterhaltungsliteratur. Die Geschichte, ist im Original in einem Metrum - *Lilit* (ลิลิต) - geschrieben, welches Verse mit skandierender Prosa mischt. Mit diesem zweiten Meisterwerk klassischer Thai-Literatur, welches erstmalig in deutscher Übersezung erscheint, setzt der Autor seine beliebte und erfolgreiche Reihe „Grosse Geschichten aus dem alten Siam" fort.

Weitere Publikationen des Autors

544 Seiten, ISBN-13: 978-3-7407-4403-8, Verlag: TWENTYSIX. Ab sofort als Paperback oder eBook lieferbar. Im Buchhandel oder online im TWENTYSIX-Shop, bei amazon.de , Book.de, Thalia etc.

"Kinder der Goldenen Wiege" nimmt den Leser mit auf einen ebenso spannend wie historisch fundiert geführten narrativen Streifzug

durch die faszinierende Kultur und Geschichte dieses südostasiatischen Königreiches. Sie erleben die Geburtsstunde der Formation der südostasiatischen Halbinsel, begleiten die ersten humanoiden Lebewesen durch eine ebenso arten- wie gefahrenreiche Umwelt, werden Zeuge des Entstehens der Dvaravati-Kultur, des ersten siamesischen Königreiches von Sukhothai und des nordthailändischen Reiches von Lan Na, beobachten das sukzessive Eintreffen der europäischen Kaufleute, Glücksritter und Missionare und verfolgen die Dramen von fünf Dynastien, 33 Königen und 70 Kriegen im Reich von Ayutthaya. Diverse Exkurse tauchen ein in die exotische Kultur des Landes: Sie lernen die Welt der Geister kennen, die größten Werke der thailändischen Literatur, die Grundlagen des Theravada-Buddhismus und der thailändischen Sprache und vieles mehr ...

Der Autor

Peter Hirsekorn, Jahrgang 1957, kaufmännische Lehre und Abitur am Staatlichen Abendgymnasium Hamburg, Studium der Neueren Geschichte, Politischen Wissenschaften und Anglistik an der FU Berlin und den USA. Nach dem Studium über 20 Jahre in leitenden Positionen der IT-Industrie in Deutschland, Frankreich, Spanien, USA und Singapur tätig. Der Autor kennt und bereist Südostasien und Thailand seit mehr als 30 Jahren und lebt seit seiner Auswanderung mit seiner thailändischen Familie als Autor und freier Journalist abwechselnd in Pattaya und auf der Familienfarm in Ban Du (Udon Thani).